U0624624

劳模之歌

王佐恺　王炳交　主编

中国海洋大学出版社

·青岛·

图书在版编目（CIP）数据

劳模之歌/王佐恺,王炳交主编. -- 青岛:中国
海洋大学出版社,2025.7. --ISBN 978-7-5670-4134-9

Ⅰ. I227

中国国家版本馆 CIP 数据核字第 2025KT7786 号

LAOMO ZHIGE

劳模之歌

出版发行	中国海洋大学出版社		
社　　址	青岛市香港东路 23 号	**邮政编码**	266071
出 版 人	刘文菁		
网　　址	http://pub.ouc.edu.cn		
电子信箱	zwz_qingdao@sina.com		
责任编辑	邹伟真	**电　　话**	0532-85902533
装帧设计	青岛汇英栋梁文化传媒有限公司		
印　　制	日照报业印刷有限公司		
版　　次	2025 年 7 月第 1 版		
印　　次	2025 年 7 月第 1 次印刷		
成品尺寸	170 mm × 240 mm		
印　　张	9. 5		
字　　数	168 千		
印　　数	1—1 000		
定　　价	49. 90 元		
订购电话	0532 - 82032573（传真）		

发现印装质量问题,请致电 0633 - 8221365,由印刷厂负责调换。

编委会

王佐恺作者简介

王佐恺，男，1965 年 4 月出生，中共党员，经济法学硕士、教授、高级职业指导师。1988 年 7 月毕业于烟台师范学院，2005 年 7 月毕业于西安交通大学，任青岛市技工教育学会副会长、青岛市邮轮游艇协会副会长。

1988 年参加工作，先后任青岛海洋技师学院、青岛海运职业学校教师、团委书记、教务处副主任、副校长，校长、书记。

从事技工教育 37 年，具有创新发展的战略思维和较强的教育教学管理能力。担任校长以来，他提出"发展海洋职教，助推蓝色经理"的办学理念，团结和带领全校师生员工勤俭办学，开拓创新，学校先后晋升为省重点技工学校、山东省文明单位、山东省海洋特色名校、国家重点技工学校、国家中等职业教育改革发展示范学校、国家高技能人才培训基地。个人先后获得青岛市职业教育先进个人、青岛市技工学校优秀教育工作者、青岛市职业教育名校长、青岛市市南区优秀人大代表、山东省中等职业学校德育工作先进个人、山东省技工教育先进个人、山东省齐鲁名校长等称号。

王炳交作者简介

王炳交，男，汉族，1957 年 2 月生，日照市东港区人，中共党员，曾任北海航海保障中心青岛航标处灯塔管理站党支部书记兼灯塔长等职。

事迹采撷

王炳交同志是青岛航标处团岛灯塔灯塔长，他把全部的心思和精力都用在灯塔上，凭他多年的航标工作经验和积累的工作技能，带领职工苦干加巧干，对灯塔工作进行了十几项改革，亲眼看过的人都有口皆碑。王炳交同志从事航标事业 30 余年，凭着他那坚韧不拔的毅力，干一行、爱一行、钻一行的敬业精神，不会就学、不懂就问的好学态度，细心观察设备的运转情况及存在的问题，不断完善设备的功能，保证了各种设备的正常运转。团岛灯塔的灯器采用的是 1 000 瓦聚光灯泡，每只灯泡的价格接近 300 元，夏季环境温度过高，灯器散热不良；到了冬季，灯泡的灯丝过冷，开灯时冲击电流过大，灯泡容易烧坏。王炳交发现后，在灯器的底部安装了两个小风扇，顶部安装了排气筒，加快了灯器的散热。他又在配电箱内安装了一套滑动变阻器装置，大大降低了灯泡的损坏系数，为单位节约了成本。近几年来，团岛灯塔成为岛城不少企事业单位、学校的爱国主义教育基地，使这座百年灯塔焕发了青春和活力。

荣誉称号

1995 年被评为"山东省劳动模范"，1997 年被评为"交通技术能手"，2002 年获得全国"五一劳动奖章"，2005 年被评为"全国劳动模范"，2012 年任第十二届青岛市政协委员，2013 年被评为"全国技术能手"，2013 年享受国务院政府特殊津贴，2016 年获得交通运输部"最美航标工"称号。

序

青岛有一座著名的灯塔，它位于北纬 36°02′41″3、东经 120°16′54″9，它就是团岛灯塔。

有了灯塔，便有了灯塔历史，也就有了灯塔故事。团岛灯塔又名游内山灯塔，1900 年由德国人修建于胶州湾口，1919 年日本人重建，1922 年北洋政府收回。新中国成立后，团岛灯塔历经改造修葺，变身为一组典雅的德式建筑群。

1972 年，一名血气方刚的年轻战士转业来到了团岛灯塔，从入职到退休，在这个极平凡的岗位上，干出了极不平凡的事业，他就是全国劳动模范（以下简称劳模）、"五一劳动奖章"获得者王炳交。

青岛海洋技师学院与灯塔均依团岛山而建，从校园望去，灯塔就在眼前。我与炳交初识于 2013 年，为了寻找一处红色航海教育基地，我专程拜访了这位时任青岛航标处灯塔管理站党支部书记、团岛灯塔灯塔长的全国劳模。远远望去，灯塔下走来一名干练的中年男子，身上的制服在阳光下洁白闪耀，映衬着一张被海风和阳光雕刻的古铜脸庞，劳模、灯塔和海浪勾衬出一个精美的海洋守卫者形象。

他操着一口爽朗的日照话热情招待我，带我参观了灯塔设施，从原始的灯塔水晶玻璃、演变的发光灯、传说中的青岛海牛、知名灯塔陈列模型、古老航海仪器、海图和图书、锦旗、聘书和奖章等，他如数家珍，一一详细介绍。此次参观给了我心灵的净化和震撼，尤其是那枚金光闪闪的"五一劳动奖章"，凝结和彰显着劳模为社会无私奉献的精神。

2021 年 9 月，党中央将劳模精神纳入中国共产党人精神谱系，"爱岗敬业、争创一流、艰苦奋斗、勇于创新、淡泊名利、甘于奉献"的劳模精神在炳交身上得到了完美的诠释。

在后续的日子里,学校将团岛灯塔作为航海教育第二课堂实践基地,先后聘请王炳交同志为校外航海教育辅导员、客座教授、学校关心下一代工作委员会副主任,团岛灯塔和王炳交同志的故事激励着每一位海校人立志勤学、自强不息。

恰逢学校建校65周年,学校德育工作领导小组精心收集炳交同志日常撰写的诗歌,编撰汇成《劳模之歌》,作为师生德育读本,激励师生传承劳模精神,争当新时代工匠。

愿《劳模之歌》如灯塔之光,引领人生的正确航向!

王佐恺

作于青岛海洋技师学院

2023 年 9 月 10 日

劳模在海院

赞青岛海洋技师学院

山青青　海蓝蓝，
海上贸易全靠船。
有船必有操船人，
海洋学院帮助咱。

党的话语记心田，
办好学院是誓言。
困难再大不叫苦，
克服困难永向前。

何书记　抓党建。
王院长　抓全面，
两人配合非常好，
全院上下面貌变。

学院老师心向党，
优秀教师党培养。
学院老师素质高，
全国比赛拿金奖。

海洋学院这几年，
与时俱进显卓然。
海洋专业非常多，
面向全国招生源。

轮机驾驶到帆缆，
机电无线话务员。
雷达观测与标绘，
海洋渔业最为全。

制冷数控和钳工，
电工电气和智能。
船舶电子和电气，
海洋药物潜工程。

国际邮轮乘务好，
瞄准蓝海经济早。
捕捞水产和养殖，
培训基地遍青岛。

第二课堂灯塔办，
学生亲自去体验。
灯塔灯船可参观，
全院师生都称赞。

劳模精神是指南，
引领学员永向前。
人人都在学劳模，
学好专业开好船。

海洋学院搞得好，
培养学生成了宝。
学生就业不困难，
船东客户早定了。

今天劳模这几言，
学院好事讲不全。
希望学院好上好，
大展宏图永向前。

全国劳模、青岛市政协委员王炳交同志
做客"海校论坛"

我院海校论坛第二十三讲在团岛校区考试中心开展,由全国劳动模范(以下简称劳模)王炳交同志担任主讲。

王炳交同志以朴实、亲切的语言,穿插精彩的诗词、歌曲,介绍了他三十年如一日坚守岗位、奉献岗位的事迹,我院的广大教职工深受教育和鼓舞。讲座完毕后,我院正式聘请王炳交同志为学院的客座教授和校外辅导教师,并把团岛灯塔作为学院师生教学实习的"第二课堂实践基地",定期组织师生前往学习。

王佐恺院长现场发出号召,要求全院师生一要学习王炳交同志爱岗敬业、无私奉献的精神,二要学习王炳交同志勇于创新、专业攻关的精神,三要学习王炳交同志热爱专业、注重传承的精神,四要学习王炳交同志吃苦耐劳、艰苦朴素的精神,在全校掀起一股"学习王炳交精神"的热潮,奏响"劳动光荣,创造伟大"的主旋律!

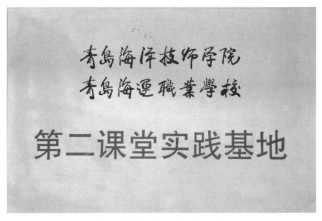

第二课堂实践基地牌匾

弘扬劳模守塔精神　投身海洋强国事业

　　王炳交同志给学院师生上了一堂生动的团课。今年是他驻守团岛灯塔的第47年。同学们带着好奇心跟随王炳交同志参观了他的工作场所，欣赏了一件件他精心收集的珍贵"宝物"。王炳交同志结合自己的亲身经历，为同学们讲解了灯塔相关文物的来历和意义。同学们通过王炳交同志的讲解明白了灯塔不仅具有定位、警告和指示交通等功能，更重要的是，它还是国家主权的象征，见证了我国航海事业的百年变迁。

我校到团岛灯塔研学

第一篇　党和国家赞

庆祝中国共产党成立一百周年

二〇二一是牛年，
神州大地天晴蓝。
全党上下防疫情，
我党建党一百年。

我党建党一百年，
前赴后继永向前。
镰刀锤头闹革命，
井冈火种喜燎原。

浙江嘉兴南湖船，
它是我党的摇篮。
自从有了这条船，
神州大地换新颜。

遵义会议转折点，
长征转战到延安。
救国救民求真理，
千难万险意志坚。

抗日烽火斗敌顽，
百万雄师过江南。
中国人民站起来，
党引方向民掌权。

习总书记带领咱，
新的时代永向前。
干在实处无止境，
打赢脱贫攻坚战。

"中国天眼"观太空，
深海开采可燃冰。
港珠澳桥连三头，
高铁动车迎东风。

探月钻探速往返，
世界人民齐赞言。
全国人民都高兴，
天问一号太空探。

C九一九飞天空，
我国航母已成功。
华为 5G 搞得好，
中国北斗量子星。

文明古国五千年，
华夏儿女不平凡。
共产党人挺身起，
神州大地展新颜。

习总书记指示言，
反腐倡廉应从严。
全国人民都叫好，
鲜红党旗更鲜艳。

我党建党一百年，
光荣传统代代传。
东方巨龙已腾飞，
祖国前景更灿烂。

团岛灯塔

赞中国共产党十九届四中全会胜利召开

美丽中国看今朝，
习总书记发号召。
不忘初心是根本，
四中全会指目标。

中国特色是根本，
国家治理不能乱。
党是领导一切的，
稳中求进工作干。

社会主义永不变，
坚持打好攻坚战。
国防军队现代化，
世界维和做贡献。

深刻总结各经验，
创新改革不能断。
坚持马克思主义，
改革创新和完善。

"一国两制"能谈判，
和平统一是期盼。
只盼祖国早统一，
华夏儿女的心愿。

"四个自信"很全面，
"两个维护"必须办。
人民当家做主人，
制度优越得展现。

中国共产党领导，
带领国人向前跑。
中国人民很幸福，
社会主义制度好。

回顾一九二一年，
为咱百姓举起拳。
镰刀锤头闹革命，
人民从此掌了权。

壮丽中国七十年，
长治久安制度严。
一切听从党指挥，
四中全会指航船。

习总书记带领咱，
改革开放四十年。
干在实处无止境，
"一带一路"放光环。

四中全会是指南，
反腐倡廉应从严。
全国人民都叫好，
鲜红党旗更鲜艳。

四中全会是明灯，
四中全会刮春风。
四中全会添动力，
四中全会吹号声。

中沙礁灯船(清朝末年灯船模型)

庆祝新中国成立七十周年

神州大地天晴蓝，
举国上下尽欢颜。
全国形势一片好，
庆祝成立七十年。

回顾过去旧时光，
错误称呼影响咱。
国家落后受人欺，
祖国从此没主权。

共产党　挽狂澜，
星星之火可燎原。
镰刀锤头闹革命，
不忘初心是誓言。

南征北战斗敌顽，
百万雄师过江南。
中国人民站起来，
人民生活比蜜甜。

"中国天眼"观太空，
深海开采可燃冰。
港珠澳桥已通车，
动车高铁和谐风。

蛟龙突破七千米，
全国人民心欢喜。
华为5G搞得好，
创造许多个第一。

中国北斗量子星，
量子通信很成功。
航天技术很超前，
中国导弹看东风。

高分卫星天空转，
地球一切看得见。
歼二〇　光电看，
预警飞机东风弹。

天宫一号天空旋，
高端实验非常全。
从此不受外人气，
两弹一星更灿烂。

零八奥运迎帆船，
中华健儿功不凡。
创造许多个第一，
金牌奖杯都拿全。

壮丽中国七十年，
科技创新喜讯传。
嫦娥探月月后落，
实现中国梦团圆。

青岛航标博物馆

庆祝中国共产党十九大胜利召开

一轮红日耀华夏，
举国上下传佳话。
你问发生什么事，
庆祝党的十九大。

十九大　十九大，
习总书记讲了话。
报告民生最伟大，
宏伟蓝图美如画。

回顾我党十八大，
五年改革大变化。
全国形势日日新，
世界关注咱华夏。

总结过去五年间，
神舟天宫飞上天。
对接释放很完美，
中国天宫不一般。

"中国天眼"观太空，
能观太空脉冲星。
目前世界第一流，
接收外空电子声。

量子通信已实现，
通信保密是关键。
蛟龙突破七千米，
神威快速云计算。

C九一九飞天空，
深海开采可燃冰。
动车高铁跑得快，
华龙航母已成功。

高分卫星天空转，
地球一切看得见。
歼二〇　光电看，
预警两千东风弹。

北斗卫星飞向前，
导航通信非常全。
从此不受外人气，
北斗导航指航船。

电子商务很普遍，
移动支付超方便。
购物约车非常快，
手机在手全能办。

五年成果数不清，
书记报告记心中。
扎扎实实干工作，
牢记宗旨看标灯。

撸起袖子加油干，
继续把那灯塔看。
把咱北斗搞更好，
宏伟目标定实现。

劳模风采

庆祝建党八十八周年

二〇〇九这一年，
我们国家不平凡。
全党上下都高兴，
庆祝建党八十八年。

我党建党八十八年，
前仆后继永向前。
镰刀锤头闹革命，
井冈火种喜燎原。

改革开放三十年，
综合国力能数咱。
国际地位大提高，
太空有了咱飞船。

奥运金牌咱领先，
我国神七太空旋。
航天英雄走出舱，
百年梦想已实现。

新的世纪新千年，
领导尽心带领咱。
确立科学发展观，
科学生产节省钱。

总结过去五年间，
神六神七上了天。
全国人民都高兴，
农民收入翻了番。

推进科学发展观，
我处党员学得欢。
自己收获真不少，
科学工作是靠山。

党的话语记心中，
科学看好航标灯。
只要事事讲科学，
民族形象大提升。

举办奥运已成功，
奥运精神不放松。
国民扬眉吐了气，
崇高理想是明灯。

右舷灯（绿）、左舷灯（红）

党的群众路线教育实践活动有感

十八大会刚开完，
祖国大地换新颜。
全国形势一片好，
党员教育在眼前。

我党建党九十二载，
风风雨雨不平凡。
镰刀锤头闹革命，
井冈火种喜燎原。

市场转轨这几年，
部分党员不如前。
大吃大喝讲享受，
一心一意多捞钱。

利用自己掌握权，
吃喝嫖赌都占全。
早已忘记是党员，
各种坏事都做全。

党中央　看得全，
号召全国的党员。
从上到下搞动员，
群众路线是指南。

我党政策很英明，
要求党员多批评。
一切自身来做起，
宗旨信念指航向。

八项规定记心中，
群众路线是整风。
今后年年都要办，
共产主义再东升。

本人入党已多年，
党的宗旨记心田。
各种学习不落后，
工作学习走在前。

作为中国航标工，
党的话语坚决听。
踏踏实实干工作，
看好守好航标灯。

20世纪50年代煤油炉、煤油壶、煤油灯

赞神十天宫宇宙对接成功

二〇一三新千年，
全国人民心欢颜。
你问发生什么事，
中国又发载人船。

太空有了咱飞船，
全国人民齐欢颜。
举国上下都高兴，
世界人民都赞叹。

改革开放三十年，
综合国力能数咱。
国际地位大提高，
太空有了咱飞船。

天空飞船宇宙转，
神十飞船去对接。
两船对接很完美，
百年梦想已实现。

神州大地闪光辉，
神十天宫太空飞。
华夏儿女多高兴，
扬眉吐气国增辉。

三人轮流去值班，
女士讲课飞过天。
地球学生都叫好，
太空实验干得欢。

党的重托坚决听，
一丝不苟记心中。
精确精确再精确，
一次对接就成功。

对接之后要密封，
神十天宫已畅通。
人员进出很方便，
天地对话有影声。

花钱少　效率高，
立体三维有高招。
地球太空能接收，
辐射校正光度好。

神十飞船已成功，
多项数据已掌控。
太空实验打基础，
精确制导是东风。

神十天宫飞上天，
全国人民心里欢。
举国上下都高兴，
把我工作干劲添。

200 毫米灯器与色罩

第二篇　祖国建设赞

赞我国"辽宁号"航母

祖国天空晴蓝蓝，
神州大地展新颜。
全国人民都高兴，
我国有了航母船。

从古到今五千年，
我国终有航母船。
多少朝代头一回，
举国上下齐欢颜。

共产党　带领咱，
乘风破浪永向前。
中国人民站起来，
人民生活比蜜甜。

改革开放三十年，
我国经济有了钱。
国防装备日益新，
我国航母去维权。

航母舰　航母舰，
开创历史新纪元。
多少朝代头一回，
国人期盼多少年。

辽宁航母里程碑，
歼机十一舰上飞。
华夏儿女都高兴，
敢把国外尖端追。

航母官兵自身严，
党的宗旨记心田。
一切听从党指挥，
乘风破浪永向前。

从舰长　到水兵，
人人业务很精通。
夜间白天搞训练，
战鹰起落一阵风。

从甲板　到帆缆，
事事处处抓安全。
综合教育经常抓，
技术尖兵当教员。

装备转型谋打赢，
军事防控我最能。
平时训练搞得好，
一有战况锐风行。

献身海空献终身，
英勇善战向前冲。
召之即来能战斗，
战之必胜震海空。

我国航母航空兵，
百倍警惕火眼睛。
踏踏实实搞训练，
守好祖国海领空。

团岛灯塔外景

赞神九天宫宇宙对接成功

二〇一二新一年，
全国人民心欢颜。
您问发生什么事，
中国又发载人船。

祖国大地刮春风，
举国上下赞天宫。
多少年来头一回，
宇宙对接成了功。

改革开放三十年，
综合国力能数咱。
国际地位大提高，
太空有了咱飞船。

神州大地闪光辉，
神九天宫太空飞。
华夏儿女多高兴，
扬眉吐气国增辉。

神九飞船飞太空，
两位男士一女兵。
三人配合非常好，
太空生活很轻松。

三人轮流去值班，
女士第一飞上天。
三人感觉非常好，
太空实验干得欢。

花钱少　效率高，
立体三维有高招。
地球太空能接收，
辐射校正光度好。

神九飞船已成功，
多项数据已掌控。
太空实验打基础，
精确制导是东风。

神九天宫飞上天，
全国人民心里欢。
举国上下都高兴，
把我工作干劲添。

20 世纪 70 年代灯塔维护保养起重木滑轮

携手建"三化"共筑航保梦有感

中央两会吹春风，
举国上下喜盈盈。
全国形势一片好，
代表委员聚北京。

交通运输部令通，
北保中心齐响应。
三化内容意义大，
坚守灯塔航标工。

公益航保航标灯，
专为航船指航程。
别看航标个不大，
大海航道看得清。

绿色航保记心中，
杂物不能海中扔。
保护海洋有责任，
清洁大海浪涛声。

智慧航保理念升，
遥测遥控智能灯。
灯器用上高科技，
最高科技咱攀登。

和谐航保传笑声，
领导关心航标工。
中心上下很团结，
看好灯塔主人翁。

三化是咱指路灯，
认真学习记心中。
处处三化为榜样，
守好看好航标灯。

三化内容很完善，
认真学习照着干。
精神文明结硕果，
好人好事常出现。

航标工　遍海岸，
不怕流血和流汗。
努力实现航保梦，
电视报刊把咱赞。

工作应按三化干，
北保梦想定实现。
今后工作有标准，
三化内容天天看。

青岛航标处领导，
三化学习为最好。
号召职工都学习，
常年到那基层跑。

三化路线是指南，
天津北保展新颜。
三化为咱添动力，
北海北保更灿烂。

1949 年灯塔值班日志

灯器

赞北京奥运会举办成功

二〇〇八奥运年，
全国人民心欢颜。
男女老少都高兴，
争相把那火炬传。

难忘二〇〇一年，
申奥道路非常难。
萨马兰奇已宣布，
北京夺得举办权。

奥运盼了多少年，
国家落后没有钱。
想办奥运办不成，
全国人民心焦急。

南湖红船一大开，
共产党　挽狂澜。
全国人民站起来，
从此人民掌了权。

改革开放三十年，
综合国力能数咱。
国际地位都提高，
火炬祥云神州旋。

回想一九九三年，
奥运美梦难团圆。
只差两票没给咱，
全国人民心里寒。

有些国家欺负咱，
火炬传递受阻拦。
历史车轮挡不住，
奥运火炬永向前。

党中央　看得清，
带领国人向前冲。
尽心尽力办奥运，
誓将奥运办成功。

鸟巢火炬已点燃，
我国健儿箭上弦。
乒乓男女包了圆，
闪闪金牌挂胸前。

邹市明　这一拳，
打得对手眼发蓝。
为咱国人出了气，
对手国家不敢言。

奥运成功喜讯传，
千家万户笑开颜。
各族人民多高兴，
海外华侨泪成帘。

奥运举办已成功，
中国形象大提升。
国民扬眉吐了气，
干好工作看好灯。

灯塔灯泡

众志成城 抗击疫情

二〇二〇头年冬，
武汉疫情来得凶。
习总书记带领咱，
全国人民抗疫情。

党中央　发号声，
举国上下齐响应。
全国上下一盘棋，
打好防疫这战争。

武汉疫情来突然，
目前我国遇困难。
全国人民献爱心，
又捐物资又捐钱。

解放军　去前沿，
抗击病毒永向前。
一切听从党指挥，
一心一意救伤员。

医务人员到一线，
又打针来又喂饭。
自家事情全放下，
孩子交给老人看。

全国城乡齐奋战，
做好防疫是关键。
发现疫情早报告，
高烧病人送医院。

世卫组织发了言，
号召人民支持咱。
世上好人非常多，
许多国家来支援。

防疫物资马上办，
马上一切送武汉。
各种物资献爱心，
世界人民都称赞。

央视媒体来宣传，
防疫方法讲得全。
勤洗手　戴口罩，
开窗透风菌跑完。

每天召开记者会，
公布疫情各数字。
公开公正又透明，
东方巨龙不后退。

部局领导行如风，
号召海事防疫凶。
北保中心行动快，
防好疫情守好灯。

牢记宗旨是初衷，
党的话语坚决听。
全国上下齐努力，
打好疫情阻击战。

灯塔楼梯

赞我军十四次大阅兵

第一次　四九年，
海军部队走在前。
紧跟其后步兵团，
空军第一展眼前。

第二次　五〇年，
军队装备已很全。
志愿军队进朝鲜，
白色骏马勇向前。

第三次　五一年，
大道新铺花岗岩。
海军学员走在前，
民兵大队是后援。

第四次　五二年，
公安部队为前沿。
百辆摩托连成片，
鼓乐齐鸣军乐团。

第五次　五三年，
英雄儿女代表团。
火箭炮兵第二连，
喀秋莎炮是苏联。

第六次　五四年，
伞兵部队成方圆。
我军将士纪律严，
骑兵受阅最后年。

第七次　五五年，
我军军衔制度建。
新式军装展新貌，
三军将士尽开颜。

第八次　五六年，
冒雨阅兵永向前。
解放汽车载兵团，
喷气战机高空旋。

第九次　五七年，
歼机一次飞向前。
抗美援朝歼敌完，
少数民族飞行员。

第十次　五八年，
装甲部队走在前。
各类兵种都配全，
军校培养指挥员。

十一次　五九年，
全国解放才十年。
展出武器特别全，
喷气战机飞在前。

十二次　八四年，
阅兵间断廿五年。
最新装备非常全，
海军导弹显威严。

十三次　九九年，
三军将士走在前。
歼八飞机高空旋，
新型导弹非常全。

〇九十四大阅兵，
最好导弹是东风。
三军装备非常全，
歼十战机震长空。

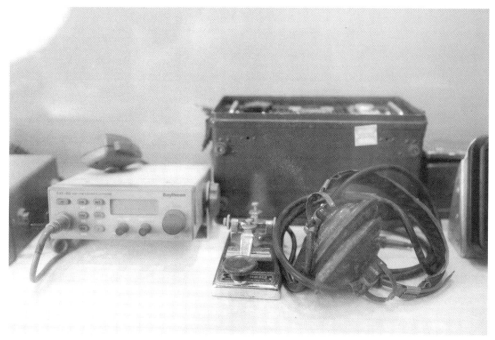

发报机

第三篇　岛城赞

青 岛 赞

山青青　水蓝蓝，
红瓦绿树换新颜。
青岛城市搞得好，
全国相比咱超前。

社会治安咱得谈，
全市稳定赛营盘。
岛城市民觉悟高，
治安防范抓得严。

开发区　大变化，
隧道大桥把海跨。
青黄往来很方便，
海底隧道作用大。

青岛港　龙门吊，
培养劳模许振超。
全年吞吐过三亿，
港口管理有高招。

北海船厂已西迁，
腾出地方搞奥帆。
〇八奥帆办得好，
帆船之都就是咱。

每年国际啤酒节，
拉近贴近你和我。
以酒会友交朋友，
啤酒传媒搞开拓。

海尔冰箱传天下，
工厂建到亚非拉。
为咱国人增了光，
低碳环保传佳话。

海信空调也很好，
平板电视和电脑。
电子品类非常多，
低碳节能又环保。

青岛啤酒传华夏，
啤酒行列大哥大。
青啤酒　惹人爱，
外汇创收大步跨。

名人双星企业好，
脚穿双星最能跑。
全国都开双星店，
老人穿了都说好。

助人为乐习为常，
微尘精神美名扬。
遭灾生病不可怕，
福彩看望到病床。

今天我这三两言，
青岛好事讲不完。
希望岛城好上好，
山东龙头勇向前。

青岛德国建筑群游内山灯塔石碑

赞青岛市总工会

二〇一三新一年，
祖国大地换新颜。
全国形势一片好，
青岛排名最靠前。

青岛工会功不凡，
与时俱进显斐然。
工会工作搞得好，
劳模精神美名传。

青岛工作搞得好，
工会功劳不可少。
困难群众咱救助，
工会领导基层跑。

下基层　做调研，
亲自统计来港船。
了解每年吞吐量，
海上航行要安全。

于睿主席抓全面，
几位主席分工干。
工会领导很团结，
广大市民都称赞。

分管主席到一线，
经常把那劳模看。
问寒问暖问家眷，
如有苦难帮助办。

蔡主席　好领导，
政协工会两头跑。
参政议政和监督，
基层安全应抓好。

先模人物工会推，
鼓励职工向前追。
广大职工都高兴，
振超名字岛城飞。

工会职能记心中，
有事工会管道通。
不论大事和小事，
事情虽小细心听。

来到工会把事办，
接待可亲很方便。
工作人员态度好，
好似亲人又见面。

各个部门都能干，
部门之间连成片。
如有事情常沟通，
困难职工咱去看。

山东龙头就是咱，
干好工会是誓言。
把咱青岛搞更好，
青岛明天更灿烂。

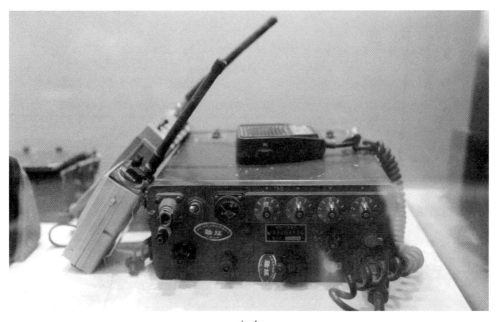

电台

青岛市南区政府谱新篇

山青青　海蓝蓝，
红瓦绿树展新颜。
青岛城市搞得好，
青岛市南功不凡。

身在市南赞市南，
市南变化看得全。
全市工作它带头，
青岛市南闪光环。

青岛市南似玉带，
全市工作带头快。
老有医养搞得好，
旅游保险防意外。

市南区　很宽广，
五湖四海叫得响。
无论你是来哪里，
区委领导评你奖。

全区领导心向党，
大事新事勇敢闯。
心中装着咱市民，
服务人民是理想。

市南区　横向宽，
香港中路市机关。
全市党政驻咱区，
为咱增光力量添。

市南区域沿海岸，
香港中路把它串。
名胜古迹非常多，
著名之人把家建。

黄金海岸一条线，
国际会议中心建。
上合峰会在此开，
全国人民都称赞。

青岛市南这几年，
与时俱进显斐然。
全区工作搞得好，
广大市民都称赞。

党的话语记心田，
搞好市南是誓言。
做好工作是本分，
大展宏图永向前。

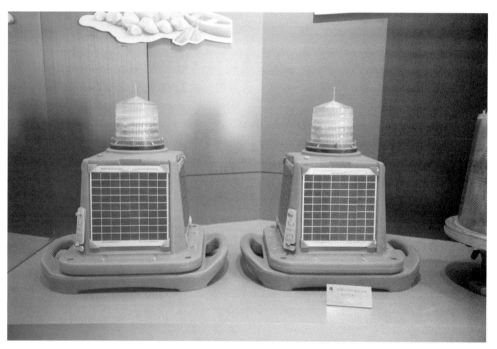

MLED 120HI 型太阳能一体化灯器

青岛市总工会谱新篇

神州大地天晴蓝，
五月雄风展新颜。
全国形势一片好，
青岛工会更灿烂。

青岛工会多少年，
带领职工奔向前。
群团组织干得好，
培养劳模美名传。

上合峰会助青岛，
工会功劳不可少。
困难群众咱救助，
爱心妈妈小屋好。

职工疗养是亮点，
职工查体咱都管。
职工事情记心上，
工会为咱送温暖。

党的话语记心田，
思想引领永向前。
八大群体来入会，
每周一讲三六年。

主要领导抓全面，
几位主席分工干。
工会领导很团结，
成为一道风景线。

主席书记抓党建，
工会党风面貌变。
先模人物党培养，
优秀人才常出现。

政治工作有温度，
党群工作迈大步。
职工教育有力量，
爱心托管赞帮助。

智慧工会树典型，
智慧清凉我最行。
职工技术有创新，
劳动竞赛争英雄。

工会职能记心中，
工作人员行如风。
无论大事和小事，
维权体系全理清。

各个部门很能干，
服务职工是心愿。
如有事情常沟通，
专为群众办实事。

壮丽中国七十年，
不忘初心是誓言。
深化改革求实效，
青岛工会永向前。

PRB21 型旋转灯阵，曾用于青岛潮连岛灯塔

美丽青岛谱新篇

山青青　海蓝蓝，
五月雄风展新颜。
青岛城市搞得好，
上合峰会力推咱。

电影之都放光环，
招来许多名演员。
每天都出新大片，
全球目光聚焦咱。

西海岸　大变化，
隧道大桥把海跨。
青黄往来很方便，
海西夜景美如画。

青岛港　步步高，
创造纪录有高招。
全年吞吐过五亿，
5G管理龙门吊。

上合组织连山东，
青岛经济日日升。
上合增添新动力，
经济互联又互通。

青岛峰会里程碑，
合作协议一大堆。
青岛上合示范区，
青岛形象闪光辉。

海尔冰箱传天下，
工厂建到亚非拉。
为咱国人增了光，
名优产品大变化。

海信空调也很好，
平板电视和电脑。
电子产品非常多，
引领科技向前跑。

青岛啤酒传华夏，
啤酒行列大哥大。
青啤酒　真不错，
青岛美名扬天下。

青岛教育牵红线，
名牌大学青岛建。
学生就近上大学，
广大市民都称赞。

助人为乐习为常，
微尘精神美名扬。
遭灾生病不可怕，
福彩看望到病床。

〇八奥运迎帆船，
青岛峰会刚开完。
青岛城市好上好，
青岛前程更灿烂。

重潜打氧机与重潜头盔

赞上海合作组织青岛峰会胜利召开

奥帆基地五月风，
上合峰会在其中。
全市人民都高兴，
道路整洁亮彩灯。

前海一道风景线，
美丽青岛很好看。
多少年代头一回，
世界人民都称赞。

上合组织十七年，
一路走来不平凡。
前进道路有险阻，
乘风破浪勇向前。

形势一年好一年，
"一带一路"热开锅。
沿线人民都高兴，
人民受益乐呵呵。

互信互利与平等，
协作尊重共发展。
多国互帮与互助，
亚洲和谐刮春风。

深化政治与互信，
加强合作谋共识。
构建平等诚相待，
安稳共担咱命运。

多边组织心相映，
经济互联与互通。
能源安全与反恐，
海上陆地和航空。

奉行开放与包容，
坚持开放又透明。
打击恐怖主义者，
分裂极端绝不行。

青岛峰会里程碑，
合作协议一大堆。
参会贵宾都说好，
青岛形象闪光辉。

自己一生看标灯，
上合宣传几秒钟。
本人上合志愿者，
世界听到海潮声。

上合峰会开得好，
上合精神是法宝。
上合峰会真圆满，
上合嘉宾赞青岛。

船用磁罗经

青岛政协新篇赞

神州大地展新颜，
青岛政协不平凡。
全市人民都高兴，
成绩突出齐赞言。

社会治安都很好，
城市稳定如营盘。
全市人民都高兴，
微尘精神美名传。

青岛工作搞得好，
政协功劳可不少。
参政议政和监督，
委员常到基层跑。

基层看　做调研，
亲自数数来港船。
了解每年吞吐量，
海上航行要安全。

政协委员来基层，
基层人民都欢迎。
百姓心声常反映，
上下沟通真是行。

绿化植树和环保，
世园会　要办好。
政协委员来推动，
白果山头变成宝。

三项职能记心中，
有事政协管得通。
无论大事和小事，
事情虽小细心听。

来到政协把事办，
接待可亲很方便。
工作人员态度好，
好似亲人又见面。

山东龙头就是咱，
希望委员多献言。
把咱青岛搞更好，
青岛政协更灿烂。

美最时牌马灯

赞青岛市政府办公厅

二〇一五新一年，
祖国大地展新颜。
全国形势一片好，
青岛名气最超前。

市政府　办公厅，
党的宗旨记心中。
一切听从党指挥，
青岛时刻连北京。

青岛工作搞得好，
办公厅　功不少。
各项工作很认真，
工作人员飞快跑。

办公厅　很关键，
承办接待来文电。
大型会议咱组织，
负责突发应急办。

接站送站流水线，
来到客人都称赞。
日常事务搞得好，
服务工作很完善。

文秘管理和转办，
新闻发布大事件。
政府百姓能沟通，
化解矛盾是心愿。

通关闭关是口岸，
打击走私抓罪犯。
协调政府查监控，
设置离退老干办。

督促检查和安全，
做好服务是誓言。
困难再大不叫苦，
克服困难永向前。

青岛形象大提升，
感谢政府办公厅。
因为有了您努力，
青岛处处飘歌声。

办公厅　这几年，
与时俱进显斐然。
各项工作搞得好，
广大市民都赞言。

山东龙头就是咱，
办公厅　功不凡。
希望工作好上好，
青岛前程更灿烂。

乙炔气灯头

青岛全总劳模疗养院谱新篇

青岛全总疗养院，
一九八六年组建。
地处群山环抱中，
步行不远大海看。

赫院长　抓全面，
精神文明和党建。
从来没有官架子，
为人心好面和善。

接站送站一条线，
各项服务已成链。
工作人员服务好，
服务劳模心情愿。

党的话语记心田，
服务劳模是誓言。
困难再大不怕苦，
克服困难永向前。

全院服务很规范，
各项制度抓得严。
买菜买粮严把关，
一切都是为安全。

全总文件记心间，
自费景点不参观。
住宿生活按标准，
疗养劳模心中欢。

工会领导要求严，
派出劳模督办团。
劳模休养全监督，
一切都是为了咱。

不摆酒　不放烟，
拱门鲜花抛一边。
疗养劳模都称赞，
大家都吃自助餐。

全院大事公开栏，
公开内容非常全。
人人心中都明白，
疗养当中咱超前。

院内房间很卫生，
人人都在争标兵。
服务人员态度好，
全院正气冉冉生。

疗养院　这几年，
与时俱进显斐然。
全院工作搞得好，
各种奖项都拿全。

今天劳模这几言，
贵院好事讲不完。
希望工作好上好，
大展宏图永向前。

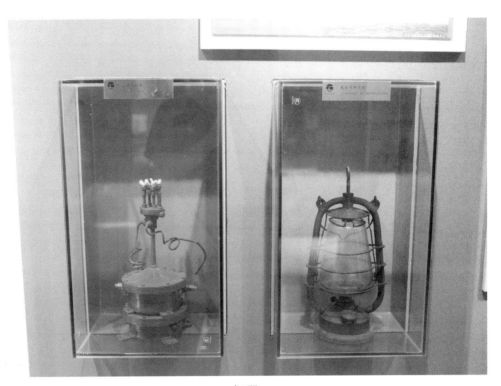

灯器

第四篇　公仆赞

人民警察人民赞

新的世纪新千年，
神州大地换新颜。
祖国形势一片好，
人民警察保卫咱。

人民警察人民赞，
抗洪抢险到一线。
出生入死全不怕，
警徽闪闪看得见。

为了神速快破案，
蹲点一线吃凉饭。
自身有病不去看，
经常把那胃病犯。

防疫维稳到一线，
为了群众把岗站。
自家有事不能办，
白天晚上连轴转。

社区民警家家看，
为咱百姓把事办。
遇上病人送医院，
自己常把药费垫。

虚线黄线斑马线，
交通警察马路站。
指挥车辆成千万，
交通安全是心愿。

刑事警察是关键，
抓小偷　追逃犯。
不怕流血和流汗，
献身祖国心甘愿。

防暴警察咱得谈，
全部都是小青年。
各种装备配得全，
时刻听从党召唤。

便衣警察隐蔽线，
多大功劳看不见。
隐姓埋名不平凡，
无名英雄在身边。

车轮滚滚永向前，
车厢治安全靠咱。
人民乘警算一员，
保护乘客把家还。

人民狱警不简单，
整天和那罪犯谈。
苦口婆心感化人，
多少家庭又团圆。

今天我这三两言，
警察好事讲不完。
心愿警察永平安，
光荣传统代代传。

青岛航标处团岛灯塔牌匾

防空二旅谱新篇

防空二旅守海空，
我军宗旨记心中。
祖国海空咱保卫，
党的指示坚决听。

许政委　抓全面，
朱旅长　管作战。
两人配合非常好，
全旅上下面貌变。

装备转型谋打赢，
军事防空我最能。
平时训练搞得好，
一有战况锐风行。

献身防空献终生，
英勇善战向前冲。
召之即来能战斗，
战之必胜震长空。

传统教育打先锋，
请来劳模到军中。
基层官兵都叫好，
雷锋精神永传承。

防空二旅素质高，
每天早晨出早操。
军事训练很过硬，
战士人人有高招。

营区整治很好看，
军人行走一条线。
吃饭之前唱军歌，
行军作风又再现。

全旅硬件建得全，
各项制度抓得严。
综合教育经常抓，
技术尖兵当教员。

防空二旅防空兵，
每位战士是精英。
夜间白天都训练，
战士业务很精通。

防空二旅党培养，
晴空万里是理想。
敌人胆敢来侵犯，
叫他有来永无往。

作为中国防空兵，
百倍警惕火眼睛。
踏踏实实搞训练，
手擎神盾于海空。

160-B1 型 LED 灯具

海军航标兵全部退休有感

回顾一九八一年，
航标转制在眼前。
航标战友脱军装，
海事队伍算一员。

航标战士转地方，
大伙高兴很荣光。
时间光阴似闪电，
年轻战士白发苍。

初中生是高才生，
响应号召来当兵。
困难再大不叫苦，
奉献海事这一生。

回想过去几十年，
一路走来不平凡。
多次调动各省市，
航标灯　指航船。

党的指示是指南，
看好灯塔为行船。
困难再大不叫苦，
守好灯塔心里甜。

登陆艇　一四〇，
大头车　全能行。
机关两次大搬迁，
海上航标一灯明。

航标兵　是英雄，
转战南北我最能。
一支海事主力军，
海区评比第一名。

山东天津来回串，
北保中心海区片。
一共轮回多少次，
风水轮流来回转。

航标设备大改变，
风光互补能发电。
南北航标连成线，
北斗导航建基站。

长江后浪推前浪，
北保中心大变样。
北保中心领导好，
三化目标指方向。

优秀职工党培养，
看好灯塔是理想。
刻苦认真在工作，
样样工作叫得响。

时间一晃四十年，
航标战士全退完。
青年走进中老年，
部队传统放光环。

劳模荣誉锦旗

赞青岛公安干警

——此诗谨献给辛勤服务于岛城人民的公安干警

二〇一五新一年，
全国两会刚开完。
祖国形势一片好，
岛城警察保卫咱。

黄局长　抓全面，
带领干警到一线。
从来没有官架子，
和咱同吃一锅饭。

修政委　抓党建，
公安队伍面貌变。
先模人物党培养，
王鑫烈士市民赞。

局领导　靠在前，
严于律己做表率。
公安文化展新姿，
岛城人民齐赞言。

智能交通遍岛城，
天眼网络看得见。
无论坏人在哪里，
警察神速抓罪犯。

进社区　保交通，
网格管理分得清。
破案用上高科技，
岛城干警行如风。

一一〇　昼夜通，
岛上干警赛雄鹰。
坏人胆敢搞破坏，
百倍警惕火眼睛。

大走访　听民声，
政治建警不放松。
治警必须应从严，
党的指示坚决听。

公安素质大提升，
指挥交通智能灯。
干警工作在岗位，
确保车辆永畅通。

群众出国很方便，
派出所里办证件。
一切为咱来着想，
广大市民刮目看。

青岛公安这几年，
与时俱进显斐然。
岛城治安搞得好，
各种奖项都拿全。

今天劳模这几言，
公安好事讲不完。
心愿干警永平安，
大展宏图永向前。

青岛航标博物馆

学习雷锋四十五年有感

二〇二一是牛年，
神州大地天晴蓝。
全体上下学雷锋，
雷锋精神全国传。

那是一九六二年，
雷锋事迹放光环。
全国开始学雷锋，
学习雷锋永向前。

本人入伍七六年，
雷锋事迹影响咱。
处处雷锋为榜样，
心中燃起火一团。

脏活累活干在前，
军事训练要求严。
组织要求求上进，
全国劳模算一员。

雷锋精神是明灯，
影响自己这一生。
无论工作和学习，
革命意志不放松。

有人掉入大海中，
奋不顾身救人命。
作为一名老党员，
愿为祖国献终生。

回想自己这一生，
全心全意看标灯。
事事雷锋为榜样，
雷锋精神永传承。

政协委员评上咱，
常为政府多献言。
每年提案真不少，
航保航标来宣传。

进社区　养老院，
经常把那老人看。
老人长发马上理，
帮助换衣帮喂饭。

平时革命不间断，
灯塔灯头自动转。
百年灯塔永不灭，
百年灯塔指航路。

灯塔守了四十年，
迎来送走万条船。
虽然工作很辛苦，
工作再累心里甜。

学习雷锋卌五年，
雷锋精神永指南。
雷锋是我好榜样，
雷锋精神代代传。

青岛奥帆中心灯塔

向雷锋同志学习五十七周年

上合峰会刚开完，
神州大地天晴蓝。
全国上下学雷锋，
雷锋精神全国传。

那是一九六二年，
雷锋事迹放光环。
全国开始学雷锋，
学习雷锋永向前。

本人入伍七六年，
雷锋事迹影响咱。
事事雷锋为榜样，
心中燃起火一团。

雷锋同志是党员，
危险工作抢在前。
坏人坏事全不怕，
真理面前敢直言。

雷锋是位解放军，
工作学习很认真。
无论大事和小事，
事事处处特用心。

对待战友很热心，
帮助新兵很细心。
做好老兵传帮带，
幸福路上向前奔。

平时革新节约油，
困难面前不低头。
节约小箱非常满，
螺丝钉子和绳头。

日常学习他带头，
钉子精神能挤油。
各种笔记写得多，
文化一年一层楼。

蓝色灯器

赞政协委员

山青青　海蓝蓝，
青岛政协换新颜。
政协工作搞得好，
我被推荐为委员。

当上委员很光荣，
委员多数来基层。
各行各业全都有，
为咱政协筑长城。

政协委员基层干，
和咱群众常见面。
了解事情非常多，
委员马上提提案。

每年两会是关键，
政府报告细心看。
如有意见马上提，
政协作用已体现。

平时委员基层转，
基层政府一层面。
上情下达很通畅，
化解矛盾都称赞。

协商民主是渠道，
委员作用很重要。
参政议政和监督，
山在欢呼海在笑。

政协作用非常大，
神州大地起变化。
是咱中国的特色，
构筑中国的大厦。

海峡两岸已三通，
政协委员航标灯。
政协功劳真不小，
和平阳光冉冉升。

两岸和平是期盼，
政协委员来牵线。
盼望祖国早统一，
中华儿女的心愿。

作为政协一委员，
样样工作干在前。
一切自身来做起，
自身要求应从严。

灯塔看了几十年，
政协队伍是一员。
深知委员责任大，
多多提案为航船。

青岛航标博物馆

全国劳模王炳交荣誉墙

第五篇　行业赞

赞班组长新篇

班组长　是关键，
基层工作抓全面。
职工安危常挂念，
查看机器转不转。

转动机器能发电，
输电线路乱不乱。
场区卫生很好看，
职工能否吃热饭。

夏天装上电风扇，
冬季装上暖气片。
职工发病咱去看，
红白喜事帮助办。

心中牢记安全线，
上级指示职工念。
要求上下节水电，
开车出门一定慢。
危险工作咱先干，
不好矛盾早发现。

思想工作做到位，
使用工具不能乱。
更换配件以旧换，
账物卡应对上线。

周围关系多见面，
多和部队搞共建。
干群关系打成片，
职工福利要兑现。

班组长　最难干，
大事小事要细致，
平时工作带头干。
政治学习不能断，
安全生产是心愿。

上下矛盾常出现，
上情下达来回串。
各种矛盾要化解，
也是咱们的心愿，
社会和谐能实现。

游内山灯塔旧址（青岛市级文物保护单位）

护士赞

白衣天使护士难，
整天护理各病员。
工作再累不叫苦，
服务病人是誓言。

病人住院心里烦，
护士来到病床前。
病床前　细细语，
问寒问暖问病源。

一股暖流流心田，
病人热泪成雨帘。
家属病人都高兴，
打针送药很周全。

重病号　痛得叫，
老病号　拉屎尿。
一叫护士马上到，
弄脏被子全换掉。

有些病人能传染，
护士医生齐上阵。
一心一意救病人，
不顾自身有危险。

白色衣服身上穿，
手中把那针盘端。
病人出院来感谢，
成了一道风景线。

家有困难放一边，
全心全意来上班。
自身有病不住院，
吃几片药照样干。

今天我这三两言，
护士好事难讲完。
心愿护士永向前，
南丁格尔就是咱。

团岛灯塔

工会主席赞

二〇一一新一年，
神州大地换新颜。
祖国形势一片好，
工会成立六一年。

工会组建五〇年，
组建工会非常难。
基层工会建得早，
工会主席都配全。

工会成立才十年，
我国经济遇灾难。
不少群众吃饱，
工会主席帮助咱。

工会成立二十年，
"文革"风潮全国传。
真的话语不敢说，
工会工作停不前。

工会成立三十年，
祖国大地天湛蓝。
改革开放刚开始，
工会工作解了难。

工会成立四十年，
综合国力能数咱。
国际地位大提高，
小康水平已提前。

工会成立五十年，
工厂重组遇困难。
各种矛盾应化解，
工会帮咱来维权。

工会成立六十年，
神七飞船太空旋。
〇八奥运办得好，
工会工作放光环。

工会主席基层转，
红白喜事帮助办。
特困群众困难多，
工会送来油米面。

各级劳模工会推，
鼓励群众向前追。
全市人民都高兴，
振超名字岛城飞。

TRB-200 型灯器

中国女排赞

里约奥运喜讯传，
全国人民新欢颜。
举国上下都高兴，
中国女排更灿烂。

时光已过十二年，
中国女排冲向前。
先输一局不气馁，
一球一球向上攀。

女排精神不平凡，
一句两句难讲完。
团结一致向前进，
再苦再累心里甜。

输球一局有预言，
女排金牌定是咱。
自己心中早有数，
中国国力是源泉。

刻苦训练是一贯，
队员管理很完善。
各项制度上了墙，
队员天天都能看。

排球队员天天练，
有的队员手臂断。
队员从来不叫苦，
女排精神人人赞。

以老带新传帮带，
新秀队员成长快。
女排精神大发扬，
十二年后金牌戴。

郎平教练要求严，
曾经就是一队员。
摸爬滚打多少场，
各种经验非常全。

冰冻三尺非日寒，
女排精神代代传。
中国国力已增强，
世界人民都称赞。

中国女排真给力，
为咱国人争了气。
全国人民都高兴，
万人空巷看电视。

女排为国增了光，
日本女排发了慌。
四年之后怎么办，
中国女排响当当。

中国精神似东风，
女排拼搏成绩升。
举世瞩目获夸赞，
全国人民受鼓舞，
齐心协力促发展。

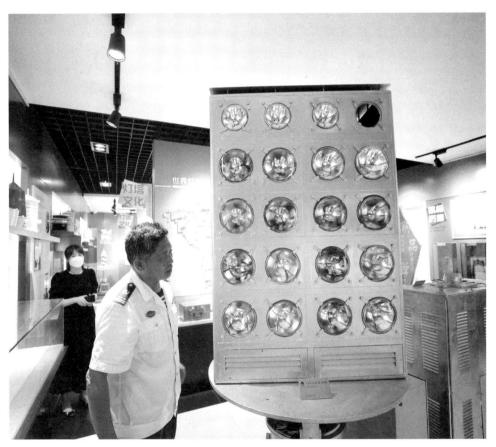

PRB21 型旋转灯阵

医生赞

医生医德非常高，
整天手握手术刀。
手术刀要技术高，
病人医治靠这招。

一人住院全家乱，
全靠医生把病看。
病人家属都期盼，
决定开刀把病断。

医生手术室内干，
手术室外亲人盼。
手术不完不吃饭，
这都成了家常饭。

手术床边医生站，
全身上下都是汗。
工作再累不叫苦，
汗水能把命来换。

有些病人能传染，
大夫医生不去管。
一心一意救病人，
不怕自身有危险。

每日查房两三遍，
亲自把那病人看。
喂水喂药又喂饭，
只盼病人早健康。

现在医生很难干，
许多病因难预见。
有时病人不理解，
医疗纠纷不少见。

高尚医德能看见，
名医专家都传遍。
希望工作好上好，
广大市民齐声赞。

航海舰船、灯船模型

赞针灸医生王吉龙

传奇医生王吉龙，
小小银针有水平。
看病病人都说好，
一根银针治百病。

王吉龙　面和善，
一心一意把病看。
从来没有官架子，
岛城市民齐声赞。

每天上班七点半，
专为病人实事办。
交班之前扎上针，
心为病人行方便。

平时整天笑满面，
华佗名医又再现。
全心全意为病人，
病人不走不吃饭。

这样医生不多见，
电话微信在连线。
经常病人来交流，
只盼病人早康健。

吉龙医生医德高，
手中银针有高招。
下针一次显成效，
瘫痪病人轮椅抛。

此人平时不多言，
针灸医术非常全。
病人病情记心上，
病情再重不怕难。

党的话语记心田，
看好病人是誓言。
困难再大不叫苦，
克服困难永向前。

医德医训记心间，
每天一早来上班。
病人永远第一位，
病人病情大如天。

王吉龙　美名传，
本人腿疼已三年。
朋友介绍来贵院，
吉龙一针笑开颜。

中心医院这几年，
与时俱进显卓然。
中心医院针灸好，
各种奖项都拿全。

岛城名医王吉龙，
救死扶伤是英雄。
为民办事真不少，
希望继续攀高峰。

赞山东轻工工程学校

二〇一八新一年，
全国两会刚开完。
全校师生都高兴，
轻工学校六十年。

党的话语记心田，
办好职教是誓言。
困难再大不叫苦，
克服困难永向前。

孙书记　抓党建，
迟校长　抓全面。
两人配合非常好，
轻工学校面貌变。

国际办学咱校办，
中德办学德国焊。
中加办成姐妹校，
与韩联合办学院。

数控技术和编程，
机械制图我最能。
机械设计是基础，
敢与国外争高雄。

机电技术与应用，
本科电器与工程。
机械电路是基础，
模拟电子技术通。

模具创造与技术，
材料成型与控制。
冲压工艺与模具，
塑料模具与设计。

生物技术能制药，
现代分类与发酵。
药物分析及实验，
药理实验有一套。

今天劳模三两言，
轻工学校讲不完。
希望贵校好上好，
轻工学校更灿烂。

青岛交通职业学校谱新篇

神州大地天晴蓝，
全国两会刚开完。
祖国形势一片好，
家家有了方向盘。

党的话语记心田，
办好职教是誓言。
困难再大不叫苦，
克服困难永向前。

王书记　抓党建，
牟校长　抓全面。
两人配合非常好，
刘副校长课堂站。

国际办学咱校办，
中法办学帆船练。
全国办成姐妹校，
与韩联合办学院。

动力控制是关键，
底盘电控技术转。
汽车电控技术好，
汽车检测故障判。

汽车理论与传动，
机械液压与工程。
希望贵校好上好，
汽车设计应安静。

有德明志基本点，
老师教课心中暖。
师生经常搞联欢，
培养学生真抢眼。

邮轮游艇与帆船，
三船专业能数咱。
亲手制作翔龙号，
乘风破浪永向前。

今天劳模三两言，
交通学校讲不完。
希望贵校好上好，
交通学校更灿烂。

威海热电谱新篇

天晴晴　海蓝蓝，
威海热电展新颜。
威海热电搞得好，
威海热电美名传。

赵总经理抓全面，
精神文明和党建。
从来没有官架子，
为人心好面和善。

共产党　领导咱，
搞好热电心里甜。
困难再大不叫苦，
节省资源促发展。

厂区整治很好看，
大厅标语连成片。
职工时刻看得到，
成为一道风景线。

一进大楼真显眼，
奖牌锦旗连不断。
来到贵宾都说好，
劳模看了都震撼。

赵总本人很能干，
供暖到家是心愿。
赵总经常下基层，
带领工会职工看。

赵总平时不多言，
以身作则是垂范。
领导非常关心咱，
威海热电最安全。

威海热电收费低，
目前全国数第一。
热电供暖时间长，
供暖用上高科技。

威海热电理念新，
新的形势咱紧跟。
书记报告天天学，
一心为民牢记心。

威海热电不平凡，
成立热电军乐团。
威海热电暖到家，
环保排放最超前。

威海热电这几年，
与时俱进显斐然。
威海热电搞得好，
全国奖项都拿全。

十九大　报告会，
全国人民笑开颜。
希望热电好上好，
工作再上新台阶。

中国邮政储蓄银行青岛分行谱新篇

山青青　海蓝蓝，
邮储银行展新颜。
邮储银行搞得好，
邮储银行放光环。

银行行长抓全面，
精神文明和党建。
从来没有官架子，
为人心好面和善。

党的宗旨是指南，
搞好银行不怕烦。
困难再大不叫苦，
多为发展作贡献。

这样行长不多见，
真叫市民刮目看。
干部职工都说好，
和咱同吃一锅饭。

邮储银行很能干，
青岛分行连成片。
各行都有各自招，
为国理财做贡献。

邮储银行带领咱，
顶风冒雨战严寒。
一心一意去工作，
工作再累心里甜。

银行行长有远见，
百年灯塔搞共建。
全国劳模作报告，
干部职工都称赞。

邮储银行管理严，
层层教育抓安全。
责任落实到单位，
银行业绩飞向前。

车主卡　闪金光，
美丽青岛发首张。
银行车主来联名，
安全行车去远方。

邮储银行帮助咱，
破解小微融资难。
困难小企很高兴，
邮储银行送来钱。

邮储银行功不凡，
顶风冒雨战严寒。
接待客户很用心，
一心一意谋发展。

地球转　月圆缺，
邮储业绩不间断。
一年更比一年好，
未来之路更光明。

青岛大学附属医院谱新篇

山青青　海蓝蓝，
青大附院展新颜。
全院人员都高兴，
建院一百二十年。

党的宗旨是指南，
服务病人心里甜。
不管困难有多大，
良医济民记心间。

青医领导带领咱，
战酷暑　斗严寒。
不顾一切救病人，
精益求精薪火传。

青岛解放四九年，
抗美援朝咱支援。
抗震抗洪也有我，
黄岛大火救伤员。

医务援外到非洲，
青春热血写春秋。
身处灾区全不怕，
自家困难一边丢。

青医建院百多年，
岛城人民齐赞言。
名医专家医术高，
高精设备非常全。

医院教学搞得好，
培养人才成了宝。
优秀桃李春满园，
科研教学一起搞。

科研成果非常多，
看病检查超声波。
科技当了好助手，
三维彩超多普勒。

药剂科　是关键，
进药用药流水线。
病员吃药请放心，
保您身体早康健。

现在看病很方便，
全市各区建分院。
门诊自助服务办，
互联网上办医院。

青大附院百余年，
做的好事讲不完。
抗美援朝咱参加，
火线抢救咱伤员。

今天劳模三两言，
名医齐聚青附院。
认真诊治不惧难，
岛城人民都说好。

赞能源热电第四热力金湾分公司

山青青　海蓝蓝，
能源集团展新颜。
能源热电搞得好，
家家万户笑开颜。

热电工作全面抓，
业务党建齐共建。
虽然干事很辛苦，
市民称赞心里甜。

共产党　带领咱，
搞好热电心里甜。
困难再大不叫苦，
科学管理引领咱。

治理整顿干在先，
清扫清洁一起干。
素养安全很重要，
人人把好节约关。

厂区整治很好看，
走廊标语连成片。
职工时刻看得到，
成为一道风景线。

职工上班睁大眼，
撑起生命保护伞。
安全生产第一位，
发现苗头坚决管。

清扫清洁坚持做，
亮丽环境真不错。
整理整顿做得好，
暖气到家把冬过。

安全生产重于山，
职工生命大于天。
平时安全应做好，
人人把好安全关。

有尘燃烧是一贯，
无尘管理看不见。
万次化险无差错，
工作应按制度办。

暖到家　暖到家，
户户说好人人夸。
四热金湾服务好，
劳模全都戴红花。

一年四季在轮班，
冬季离不开暖气片。
第四热电搞得好，
广大市民都称赞。

第四热力不平凡，
做的好事讲不完。
希望你们好上好，
大展宏图永向前。

青岛电子学校谱新篇

地球转　月亮变，
风光互补能发电。
技能人才很紧缺，
电子学校帮助办。

刘书记　抓党建，
崔校长　抓全面。
两位配合非常好，
电子学校面貌变。

本校教学理念新，
老师讲课很认真。
劳模工匠站讲堂，
企业学校搞联姻。

电子学校这几年，
与时俱进显斐然。
电子专业搞得好，
面向全国招生源。

计算机　咱校办，
电子电气和试验。
3D立体和打印，
浪潮数字通不断。

习总书记指示言，
品德教育进校园。
学生终生能受益，
电子学校最超前。

修老师　我得谈，
坚持家访十几年。
全班学生记心上，
亲自和那家长谈。

中美中加中日班，
教学理念翻了番。
国内国外上大学，
学生成绩冒顶尖。

崔西展　名校长，
带领学生拿金奖。
学校一年一台阶，
企业争把学生抢。

成就一个学生好，
幸福一家不得了。
无私奉献全社会，
培养学生成了宝。

职教东风助力咱，
电子学校奔向前。
希望贵校好上好，
全国名校有了咱。

北海航海保障中心营口航标处谱新篇

神州大地天晴蓝，
营口航标展新颜。
全处工作搞得好，
各种奖牌放光环。

营口码头进出船，
海上航标是指南。
虽然换标很辛苦，
克服困难永向前。

北保中心领导咱，
三化目标是指南。
一切听从党指挥，
营口航标永向前。

领导干在第一线，
和咱同吃一锅饭。
维护航标齐努力，
营口航标面貌变。

刘处长　很能干，
为人心好面和善。
从来没有官架子，
常年工作在一线。

营口航标功不凡，
人少活多有困难。
每年两次大换标，
时时处处抓安全。

两位副处咱得谈，
自身要求特别严。
身兼数职全不怕，
工作再累无怨言。

干部职工五二员，
千里岸线交给咱。
人均航标咱最多，
工作再累心里甜。

廉洁自律是一贯，
践行承诺永不变。
八项规定应牢记，
廉政工作是关键。

百舸争流千帆竞，
营口航标风气正。
心齐气顺齐努力，
风正劲足风雷动。

营口航标非常难，
克服困难永向前。
每年两次大换标，
乘风破浪干在前。

全国劳模讲真言，
营口工作看得全。
换标工作很重要，
一切为了船安全。

赞青岛海监二十六船

青岛海监廿六船，
样样工作不平凡。
船上安全搞得好，
时刻听从党召唤。

党支部　领导咱，
平时训练抓得严。
船员技术很过硬，
随时准备去维权。

本船船员中青年，
船员思想很超前。
各项工作抢着干，
大洋航行经验全。

从机舱　到帆缆，
机电甲板航海船。
各个部门紧配合，
乘风破浪永向前。

船干领导航标灯，
带领船员向前冲。
大洋航行很辛苦，
不怕流血和牺牲。

祖国重任挑在肩，
不怕敌人闹翻天。
国家领土咱守卫，
海疆执法记心间。

世界大洋是我家，
科技成果开红花。
海上科研咱开船，
电视报刊把我夸。

家有困难抛一边，
全心全意来上班。
随时准备要出海，
一去半月二十天。

二十六船这几年，
与时俱进显斐然。
各项工作搞得好，
各种奖项都拿全。

今天我这三两言，
船上好事讲不完。
希望本船永向前，
光荣传统代代传。

赞青岛湛山疗养院

青岛湛山疗养院，
一九五〇年组建。
全院上下齐努力，
全心保障咱康健。

院领导　带领咱，
办好湛疗是誓言。
困难再大不叫苦，
克服困难永向前。

高尚医德心向党，
温馨服务叫得响。
各项服务很周到，
保你舒心来疗养。

劳模休养基地建，
职工体检流水线。
体检人员都放心，
细微病因早发现。

湛疗是咱温暖家，
全市劳模人人夸。
硬件软件很完善，
热心服务顶呱呱。

自助餐　花样多，
用餐人员很方便。
时令海鲜全都有，
保你海味都吃遍。

湛疗文化上墙面，
防病养生可浏览。
从中学习了知识，
祝愿患者早康健。

医生医德树新风，
仁者行医记心中。
护士全都是天使，
护理病人脚生风。

湛疗建院七十四年，
风风雨雨不平凡。
名医专家医术高，
岛城市民都赞言。

二〇二五新一年，
青岛湛疗永向前。
职工体检搞得好，
人人都起来赞誉。

一代一代往下传，
湛疗好事讲不完。
各项工作很优秀，
湛疗前景更灿烂。

八大峡街道办事处谱新篇

山青青　海蓝蓝，
五月雄风展新颜。
青岛城市搞得好，
八大峡处功不凡。

党的话语记心田，
搞好街道是誓言。
困难再大不叫苦，
克服困难永向前。

管主任　抓硬件，
社区整治很好看。
楼道处处很卫生，
成为一道风景线。

全市街道咱最南，
百年灯塔指航船。
名胜古迹也很多，
先烈公园栈桥前。

街道领导关心咱，
每逢假日看望咱。
对咱劳模很关心，
广大市民都赞言。

李书记　咱得谈，
本人平时不多言。
专为群众办实事，
解决许多老大难。

街道领导到一线，
干群关系打成片。
干部经常下基层，
基层面貌大改变。

咱们街道靠海边，
群众安全记心间。
假日游客非常多，
海边配齐救生圈。

团岛灯塔建基地，
群众挪庄唱大戏。
省市文联挂了牌，
文联万家接地气。

党建文化一条街，
办事透明全公开。
制度条例全上墙，
前进道路走不歪。

全国劳模敢直言，
街道好事看得全。
希望工作好上好，
八大峡处放光环。

青岛能源集团谱新篇

山青青　海蓝蓝，
能源集团展新颜。
上合峰会咱保障，
参会嘉宾都赞言。

集团领导抓全面，
热电面貌展新颜。
广大市民都说好，
人人都把集团赞。

党的话语记心田，
办好能源是誓言。
困难再大不叫苦，
不忘初心永向前。

集团领导带领咱，
战酷暑　斗严寒。
和咱职工同劳动，
故障不排不会还。

能源集团理念新，
中央指示咱紧跟。
打赢蓝天保卫战，
新旧动能特用心。

能源品牌暖到家，
众人说好人人夸。
放管服务做得好，
全国劳模戴红花。

能源集团管能源，
服务万家全靠咱。
燃气暖气进万家，
从此冬季无严寒。

全市冷暖常挂念，
热情服务从没变。
一心一意为用户，
工作人员家家转。

全国三八红旗手，
能源集团全都有。
热线九六五五六，
接到电话马上走。

安全生产重如山，
集团领导全跟班。
一切应按制度办，
安全绿色保蓝天。

能源集团这几年，
与时俱进显卓然。
微信一点全能办，
科技应用智慧显。

今天劳模三两言，
能源集团讲不完。
希望集团好上好，
大展宏图永向前。

青岛港湾职业技术学院谱新篇

山青青　海蓝蓝，
上合峰会助推咱。
港湾学院搞得好，
港湾学院更灿烂。

党的指引永向前，
搞好职校是誓言。
困难再大不叫苦，
抓好教育功不凡。

王书记　抓党建，
刘院长　抓全面。
两人配合非常好，
港湾学院面貌变。

深度融合大步跨，
院校港口一体化。
院校办进港务区，
对接教学很融洽。

八大专业咱校办，
物流港口很全面。
各种专业全都有，
成为一道风景线。

在校学生已过万，
三十三个专业办。
品牌专业非常强，
科技教学云计算。

学院教学理念新，
双师教学很认真。
课堂港口连成片，
文化实操融一身。

融于海洋大战略，
服务港行把稳舵。
"一带一路"结硕果，
军民融合真不错。

以德立身心向党，
自强不息是理想。
不忘初心是根本，
港湾学院叫得响。

来院交通很方便，
汽车轻轨一条线。
乘坐轮渡海景看，
动车高铁到西站。

港湾学院这几年，
与时俱进显斐然。
港湾学院搞得好，
各种金牌都拿全。

今天劳模三两言，
港湾学院讲不完。
港湾学院好上好，
港湾学院永向前。

青岛湛山疗养院谱新篇

祖国天空晴蓝蓝，
神州大地展新颜。
湛辽工作搞得好，
疗养劳模都赞言。

上合峰会刚开完，
青岛湛疗美名传。
院内院外大变样，
各项服务很超前。

餐厅一道风景线，
顿顿饭菜花样变。
时令海鲜天天有，
服务人员很和善。

于妮妮　咱得谈，
服务劳模笑开颜。
跑前跑后全不怕，
工作再累心里甜。

青岛湛疗功不凡，
重大活动都有赞。
楼群全部来装修，
接待外宾伊斯兰。

外宾住房设备换，
一切应按国标办。
来的嘉宾都称赞，
客房里面能热饭。

全院上下棋一盘，
领导自身要求严。
一切工作都上会，
为官一任永清廉。

劳模休养来贵院，
硬件软件大改变。
理疗推拿又足疗，
一切为咱体康健。

每次疗养能体检，
电子报告很抢眼。
职工查体也很多，
任何疾病无漏点。

青岛湛疗这几年，
与时俱进显斐然。
全院工作搞得好，
各种奖项都拿全。

今天劳模三两言，
湛疗好事讲不完。
希望贵院好上好，
大展宏图永向前。

赞大唐黄岛发电有限责任公司

大唐黄岛发电厂，
样样工作叫得响。
各项工作很安全，
干部职工心向党。

发电人　心向党，
事事处处为民想。
全天多年不停电，
克服困难向前闯。

燃煤发电机组转，
大唐电厂能发电。
重大活动咱保障，
〇八奥运做贡献。

扶贫助学搞慈善，
电厂居民搞共建。
精神文明搞得好，
专为部队拉电线。

电厂队伍常培训，
大唐职工向前奔。
比学赶超经常搞，
锅炉安全是责任。

安全生产六千天，
人人把好安全关。
从来没有出事故，
公司上下齐联欢。

节能降耗能发电，
样样工作精细算。
每个班组搞节约，
人人都在做贡献。

发电用上高科技，
驱动汽轮靠蒸汽。
设备不断来更新，
节能环保永牢记。

发电不忘搞环保，
废物利用变成宝。
余热市民来供暖，
中水绿化为最好。

群众技协搞得欢，
科技成果不一般。
科技成果结硕果，
煤粉利用能制砖。

大唐电厂这几年，
与时俱进显卓然。
各项工作搞得好，
各种奖项都拿全。

今天我这三两言，
大唐好事讲不完。
希望工作好上好，
大展宏图永向前。

赞航标工

千帆万盏一灯明，　　　　　　困难虽然非常大，
灯塔明亮照航程。　　　　　　航标工人全不怕。
航标工人是英雄，　　　　　　任凭风吹和雨打，
万里海疆传美名。　　　　　　奉献青春和年华。

天涯海角安了家，　　　　　　摩尔斯码发正常，
万里海疆开红花。　　　　　　灯光周期全不差。
辛苦了　我一个，　　　　　　雾号声音特别大，
幸福了　千万家。　　　　　　好似铁牛在说话。

海岛条件特别差，　　　　　　航标工人真伟大，
海雾潮来风浪大。　　　　　　千难万难踩脚下。
恶劣天气经常化，　　　　　　誓将意愿化宏图，
小咬蚊子更可怕。　　　　　　看好灯塔为"四化"。

第二十三个安全月有感

二〇二四新一年，
神州大地展新颜。
全国形势一片好，
全国上下抓安全。

回顾过去廿二年，
一路走来不平凡。
交通煤矿事故多，
安全不好影响咱。

安全月　廿三年，
人人讲安全。
个个会应急，
主题牢记是誓言。

习总书记指示言，
以人为本抓安全。
北保领导马上传，
中心上下齐动员。

各种制度应健全，
领导以身做示范。
每个单位抓安全，
一切都是为了咱。

安全不好很悲惨，
自身受损又花钱。
全家老少盼着咱，
希望安全把家还。

安全法规讲得全，
各项制度记心田。
遵章守纪不能忘，
安全搞好节省钱。

大海航行靠螺旋，
开车紧握方向盘。
只要事事讲安全，
车轮滚滚永向前。

从上到下抓安全，
人人思想都绷弦。
只要人人讲安全，
家家户户笑开颜。

中央领导指示言，
从上到下抓安全。
安全一环扣一环，
神州大地更灿烂。

第六篇　学习劳模精神有感

时代的闪亮坐标

周　侠

"劳模精神是指南,引领学员永向前。人人都在学劳模,学好专业开好船。"翻看《劳模之歌》这本书时,脑海中又浮现出全国劳模、"全国五一劳动奖章"获得者王炳交同志在我校演讲的情景,他朴实无华的脸庞、诙谐幽默的语言、吃苦耐劳的工作态度、默默奉献的无私精神,深深触动了我、感染了我。他的先进事迹给我留下了深刻的印象,至今影响着我,成为我的精神指引,让我在工作、学习、生活中积极进取、敢于创新、勇攀高峰。

作为青岛航标处团岛灯塔的灯塔长,王炳交同志把全部的青春和热血奉献给了他所热爱的航标事业,数十年如一日地守护着灯塔,用激情和梦想点亮着灯塔,为航行的船舶指引着前进的方向。1972年,王炳交同志从部队转业到团岛灯塔工作,从入职到退休,兢兢业业,任劳任怨,一干就是几十年,真正做到了"干一行爱一行,爱一行钻一行"。凭着一股子韧劲,执着专注,刻苦钻研问题,不等不靠,勤于思考,多年来对灯塔进行了十几项改革,不仅降低了成本,还保证了设备的正常运转,在平凡的工作岗位中,做出了不平凡的工作成绩,以实际行动践行了初心和使命,完美诠释了中国人民具有的创造精神、奋斗精神、团结精神、梦想精神。

除了工作中的成绩,我通过赏读《劳模之歌》这本书,更加深入地了解到,王炳交同志充满正能量的一面,他热爱党,热爱祖国和人民,关心时事。他为党和国家的发展颂赞歌:"我党建党一百年,光荣传统代代传。东方巨龙已腾飞,祖国前景更灿烂。"他为祖国的建设成就乐开颜:"中国北斗组网成,全国人民心欢颜。从此不受外人欺,东方巨龙飞向前。"他为城市的发展摇旗呐喊:"山青青、水蓝蓝,红瓦绿树换新颜。青岛城市搞得好,全国相比咱超前。"他为人民警察致敬点赞:"人民警察人民赞,抗洪抢险到一线。出生入死全不怕,警徽闪闪看得见。"他就是这样的一个人,对一切充满热爱,把一切装入心中,用亲切质朴的语言唱响时代赞歌,用铿锵有力的文字书写时代华章。

习近平总书记曾说过:"劳模精神、劳动精神、工匠精神是以爱国主义为核心的民族精神和以改革创新为核心的时代精神的生动体现,是鼓舞全党全国各族人民风雨无阻、勇敢前进的强大精神动力。"为者常成,行者常至,历史不会辜负实干者。以劳动筑基,以奋斗开路。时代造就英雄,伟大来自平凡。在国家建设发展的进程中,涌现出非常多的英雄,他们就像时代的闪亮坐标,在不同时期忘我付出、奋力拼搏,在自己擅长的领域默默耕耘,为党、人民和国家鞠躬尽瘁。面对石油的匮乏,"铁人"王进喜纵身一跃跳入泥浆池,为国家搅出了汩汩石油,用艰苦劳动创造了令人赞叹的传奇;步入新时代,国家更是出现了一批批的超级工程,创造了举世瞩目的伟大成就,这些都凝聚着无数大国工匠的汗水和智慧。这些工匠和王进喜、王炳交一样,在自己平凡的工作岗位上,踏实肯干,耐得住寂寞,不断追求技术的完美,默默无闻地辛勤付出,贡献自己的一份力量,深刻彰显出勤劳刻苦的劳模精神、工匠精神,他们以匠心书写中国奇迹,筑造着中国梦想,用新的伟大奋斗创造新的伟业,也必将指引、激励、影响着更多的人奋发进取,在新征程上开创更加美好的未来!

时代尊崇礼赞劳动者,我们赶上了好时代。在新时代,我们要继续发扬艰苦奋斗的优良作风,以时代的闪亮坐标为指引。作为职业院校教师,我更要实实在在地把职业教育搞好,以身作则,做好本职工作,在学生中大力弘扬劳模精神、劳动精神、工匠精神,增强学生热爱劳动、勤于劳动、善于劳动的主观意识,营造人人争做光荣劳动者的良好氛围,确保劳模精神、劳动精神、工匠精神薪火相传,生生不息;不断提升学生职业素养,为培养一代又一代高素质技能人才而不懈努力奋斗,鼓励学生积极投身到社会的发展建设中,用智慧和汗水书写青春的美好画卷,用激情和梦想成就人生的壮丽篇章,成为对社会有用之人。

《劳模之歌》读书心得：在坚守与奉献中寻觅灵魂的灯塔

高建芳

翻开《劳模之歌》的那一刻，我仿佛进入了时空的隧道，踏入了一个既遥远又亲切的世界。在这个世界里，没有华丽的辞藻堆砌，处处洋溢着质朴且坚韧的力量；没有惊心动魄的传奇故事，却以平凡人的不凡坚守，谱写了一曲曲动人心魄的赞歌。该书是王炳交同志用汗水与心血浇灌出的文学花园，更是他一生信念与追求的生动写照，作为师生德育读本，它不仅承载着个人的记忆与情感，更是对一个时代精神的深刻诠释与传承。

坚守的力量：平凡岗位上的非凡光芒之歌

在《劳模之歌》的字里行间，我深刻感受到了王炳交同志对工作的执着与热爱。他，一个普通的灯塔守护者，用三十余年的青春岁月，默默守护着团岛灯塔，为无数过往的船只指引方向，成为海上安全的守护者。这份坚守，不仅仅是职业责任的履行，更是对生命价值的深刻理解和践行。它让我意识到，无论我们身处何种岗位，从事何种工作，只要心怀热爱，勇于担当，就能在平凡中创造不凡的价值。王炳交同志的故事，如同一盏明灯，照亮了我前行的道路，让我明白，真正的伟大往往蕴藏于平凡之中，需要我们用心去体会，用行动去诠释。

诗歌的哲理：自然与人生的和谐交响

王炳交同志的诗歌，不仅是他工作生活的真实写照，更是他内心世界的深情流露。在灯塔的陪伴下，他见证了无数个日出日落、潮起潮落，这些自然景象在他的笔下被赋予了生命，成了他表达情感、思考人生的载体。他的诗歌中，既有对自然之美的细腻描绘，也有对人生哲理的深刻思考。通过这些诗歌，我仿佛也置身于那片浩瀚的大海之畔，感受大海的壮阔与深邃，更体会到了人生的无常与美好。这些诗歌让我明白，生活不仅仅是眼前的苟且，还有诗和远方，等待我们去追寻。我们应该学会在忙碌与喧嚣中寻找内心的宁静，用一颗平和的心去感受生活的美好，去追求那些真正能够触动心灵的东西。

德育的典范：劳模精神的传承与发扬

作为师生德育读本，《劳模之歌》为我们提供了丰富的精神食粮。王炳交同志的坚守与奉献,不仅仅是个人品质的体现,更是劳模精神的生动诠释。这种精神,不仅是一种职业精神,更是一种人生态度,一种对社会的责任与担当。它告诉我们,无论时代如何变迁,社会如何发展,我们都需要保持一颗初心,坚守自己的信念与追求,用实际行动去为社会做贡献。作为新时代的青年学子,我们应该以王炳交同志为榜样,将这种精神融入自己的学习和生活中去,不断追求卓越、勇攀高峰。同时,我们也应该积极传播这种正能量,让更多的人感受到劳模精神的魅力与价值。

时代的缩影:个人与时代的共鸣

《劳模之歌》的编选,无疑是一次成功的尝试。它将王炳交同志的个人经历与时代背景紧密结合在一起,通过诗歌的形式展现了一个时代的风貌与变迁。这种编写方式增强了书籍的可读性和感染力。通过这些诗歌,我仿佛能够穿越时空的阻隔,与所述时代的人们进行心灵的对话与交流。这种共鸣与感悟让我更加珍惜当下的生活与机遇,同时也让我对未来充满了期待与憧憬。

心灵的启迪:在坚守与奉献中寻找自我

在阅读《劳模之歌》的过程中,我不断反思自我、审视内心。王炳交同志的坚守与奉献让我深刻认识到,一个人只有真正热爱自己的事业、珍惜自己的岗位才能在工作中找到乐趣、实现价值。同时我也意识到在追求个人梦想的过程中,我们还需要保持一颗平常心,用积极的态度去面对生活中的种种挑战。这种心态不仅能够帮助我们更好地应对压力与挫折,更能够让我们在平凡的生活中发现不平凡的意义与价值。

结语:以劳模为镜照亮前行之路

总之,《劳模之歌》这本书给我带来了深刻的启示与感悟。它让我看到了一个普通人在平凡岗位上的非凡坚守与奉献,也让我感受到了一个时代的精神风貌与变迁。在未来的日子里,我将以王炳交同志为榜样,不断追求卓越、勇攀高峰,用实际行动去践行劳模精神为社会做出自己的贡献。同时我也将把书中的哲理与智慧应用到实际生活中,让自己成为一个更加优秀、更加有责任感的人。我相信在未来的道路上,《劳模之歌》将一直陪伴着我,照亮我前行的道路,让我在不断探索与追求中找到属于自己的那片星空。

榜样灯塔　指引前行

——读《劳模之歌》有感

韩瑞芬

我的身边有市劳模、省劳模、全国劳模，但是提到劳模最先还是会想到全国劳动模范王炳交。因为学校工作的关系，我们经常会与王老接触，从这位平易近人的老人身上，我们都能感受到一种坚持不懈、脚踏实地的劳模精神。最近学校鼓励教职工阅读王老的《劳模之歌》，我对劳模精神有了一些深刻的认识。

从《劳模之歌》中，我们可以感受到他的乐观和坚持。犹记得支部组织活动，带领党员和团员参观团岛灯塔时，王老给学校师生幽默地讲解自己如何几十年如一日坚守"方寸之地"，一直将灯塔视为自己的"家人"，不忘初心、牢记使命，坚持做一名"灯塔守护人"。一岛一塔一人，多么简单的三点，却无比形象地勾勒出了王炳交以塔为家、苦中作乐、爱岗敬业、无私奉献的职业守望与坚持，王老是我们每一位党员都应该学习的榜样。

从《劳模之歌》中，我们可以感受到他坚持不懈、积极进取、不断创新的优良品质。虽然王老学历不高，但是他从来没有放弃过学习，在守塔的几十年里他坚持自学，克服各种困难，不断提升自己，终于在 52 岁时，获得了青岛理工大学颁发的经济管理专业大专文凭。在孜孜不倦学习的同时，他结合工作实际，积极进取，不断创新。在众多工作创新中，最让王老感到骄傲的，就是"航标灯状态自动监控装置"。这个装置，不仅彻底解决了航标灯值守人员频繁更换灯泡的烦恼，降低了值守人员的劳动强度，而且还节省了大笔费用。不但如此，"航标灯状态自动监控装置"还可以在公路交通中使用，用于提醒汽车在夜间安全行驶的交通指示灯。在 2013 年，这个装置获得了国家知识产权局颁发的专利证书。

从《劳模之歌》中，我们可以感受到他爱国爱党、无私奉献、奋勇向前的优良品质。王炳交是学习雷锋标兵，积极参加各种学雷锋志愿活动，义务植树、捐资助学、为孤寡老人义务理发、见义勇为……到处都有他的身影。有一次，王炳交正在灯塔值班，忽然听到海边有人喊："有人掉海里了，快来人啊！"听到喊声，他快速冲过去，只看见有个人影在海浪中不断挣扎。当时涌浪很大，王炳交毫不犹豫地跳了下去，拼命地拖住那个人。终于，在众人的帮助下将落水人员救了上来。他用实际行动为我们诠释了"奉献、友爱、互助、进步"的志愿者精神,用实际行动在现实生活中传播中华民族的优良传统,用实际行动为推进社会主义核心价值观贡献着自己的力量。

劳模精神是什么?劳模精神就是能坚守初心,不好高骛远、不急功近利,执一业而终一生,在工作中努力成为最好的自己。劳模精神就是脚踏实地、一丝不苟的工作态度,精雕细琢、精益求精的工作理念,以及对自身职业的高度认同感和责任感。劳模精神就是始终立足自己的本职岗位,爱岗敬业、无私奉献,在平凡的岗位中燃烧自己,默默照亮他人。

通过阅读《劳模之歌》,我由衷地感佩我们的劳模们,敬佩他们对工作生活的热爱乐观,敬佩他们对工作的一丝不苟、精益求精,敬佩他们在平凡的岗位中奏响了不平凡的乐章。在以后的工作中,我会把他们作为自己的榜样、自己的灯塔,用榜样灯塔不断指引自己前行,像他们那样努力乐观工作生活,用心去体验工作生活的美好;学习他们把心放到像大海般广阔、像天空般辽远中去,立足本职工作,放飞真诚的理想!

坚守初心不改，灯塔照亮人生

——读《劳模之歌》有感

刘春秀

王炳交——青岛航标处团岛灯塔原塔长，他将青春年华奉献给了青岛的团岛灯塔。守塔工作那么枯燥，但他从未想过放弃，将"灯塔"当作家人，自己创新研究，精心守护，让灯塔至今璀璨如新。王炳交因此获得很多荣誉，2002 年荣获"全国五一劳动奖章"、2005 年荣获"全国劳动模范"荣誉称号、2013 年被评为"全国技术能手"、2021 年被评为"全国最美文物安全守护人"，他用自己的实际行动诠释了劳模精神的内涵，爱岗敬业、争创一流、艰苦奋斗、勇于创新、淡泊名利、甘于奉献。

守护灯塔之余，王炳交同志喜欢用写诗丰富自己的生活，恰逢我校建校 65 周年，学校德育工作领导小组精心收集了他日常撰写的诗歌，编撰汇总成《劳模之歌》，让我们在诗歌学习中传承劳模精神。

当我深入阅读劳模王炳交的诗歌时，我被他那种深沉的情感和独特的表达方式深深吸引。他的诗歌不仅仅是文字的堆砌，更是他心灵深处的呐喊和倾诉，是对生活、工作和情感的真挚表达。作为一位劳模，他的诗歌中透露出对劳动的热爱和尊重。他通过细腻的笔触，描绘了劳动者在辛勤付出中的坚韧和毅力，让我深刻感受到劳动的伟大和光荣。热爱劳动是中华民族的传统美德，勤于劳动、善于创造是中国人民的优秀品质，他的诗歌体现出劳动不仅是一种生存的方式，更是一种精神的追求和价值的体现。

除了对劳动的赞美，王炳交的诗歌中还蕴含了对生活的深刻思考。他善于观察生活的点滴细节，从中汲取灵感，然后将其转化为诗歌。他的诗歌中充满了赞美，对党对国家的赞美，对美丽青岛的赞美，对祖国建设的赞美……从这些赞美的诗句当中，我深刻体会到他对党和祖国的热爱，对美好生活的热爱，让我重新审视自己的生活，思考如何更加珍惜眼前的幸福和美好。

新时代新征程，以中国式现代化全面推进中华民族伟大复兴的宏伟蓝图已经绘就，那么宏伟蓝图的实现就需要依靠我们所有劳动者去努力实现，越是美好的未来，越需要付出艰辛努力，越需要大力弘扬劳模精神、劳动精神、工匠精神。习近平总书记指出，青年是祖国的前途、民族的希望、创新的未来。作为一名教师,培育新时代青年是自己的责任和使命,首先将培养学生劳模精神融入日常教学和实践中,通过多种方式引导学生理解和践行劳模精神。有效地培养学生的劳模精神,帮助他们树立正确的价值观和人生观,为未来的发展奠定坚实的基础。其次通过加强"家校社"的有效沟通与配合,共同构建教育共同体,引导学生尊重劳动、热爱劳动,培养他们的劳动情感和意志,助力同学们的全面发展与成才。第三要引导学生积极思考、勇于实践,培养他们的创新精神和实践能力,继承和发扬劳模精神,注重提升学生的综合素质和创新能力,使其具备解决复杂问题的能力并适应时代发展,养成严谨的工作态度、精湛的专业技能和高尚的职业道德,在推进强国建设、民族复兴伟业中展现青春作为、彰显青春风采、贡献青春力量。

　　总之,读王炳交的诗歌是一种心灵的洗礼和升华。他的诗歌不仅让我感受到了劳动的伟大和生活的美好,更让我明白了人生的意义和价值。作为一名教师,我需要不断提升自己的专业素养,以高质量的教育教学水平,为学生的成长和未来奠定坚实的基础。身体力行传播劳动精神,教育引导同学们热爱劳动,让劳动最光荣、劳动最崇高、劳动最伟大、劳动最美丽蔚然成风。我相信,我会在未来的日子里,不忘初心、勇于实践,在工作中坚持教书育人、立德树人,弘扬中华民族传统美德,为国家培养人才,在自己的岗位上兢兢业业,做一名有扎实学识、有仁爱之心、有理想信念、有道德情操的"四有"好老师。

劳动最美　劳模最靓

——读《劳模之歌》有感

李　娜

在日常教学工作中，我有幸拜读了全国劳动模范王炳交同志的《劳模之歌》，敬佩之情油然而生。读书如见其人。王教授为青岛航标处团岛灯塔原塔长，他将全部的心思和精力都用在灯塔建设工作上，在平凡的岗位上做出了令人仰慕的成就，是名副其实的灯塔守护人。

翻开《劳模之歌》，认真品读和体味书中的各行各业中体现的劳模精神，即一次心与心的交流和提升。给我印象最深的是对我工作了 20 年的青岛海院的赞美。短短一页纸，阐述了海院强大的领导班子，一心向党的教职员工，特色专业引领学校向更美好的未来发展。毛泽东同志曾强调，革命工作需要热情和活力。劳动模范是国家的楷模，人民的英雄，时代的光荣。多篇赞歌读下来，受益匪浅，感触颇深。

王教授在书中给我们展现了各个行业的英雄，有人民警察、医生、军人、教师、环卫工人，他不忘初心、牢记自己的责任和使命，坚持最朴素的工作作风，一心扑在各自热爱的岗位上。我们需要借鉴他们的职业精神和极高的责任感，视工作为对社会的义务，以职业作为实现个人事业目标的方式，充满热情并全心全意地投身于实际任务中，脚踏实地做事，勤奋努力地工作，即使在普通的角色里也能创造出非凡的成绩。教育者是一个既温馨又有尊严的词语。作为思政教师，我以昂扬的工作状态，用自己的热心、耐心和专业知识，用耐心、责任心和智慧点亮学生的心灵之火。通过阅读这本诗集，我深深理解到，一名教师对于孩子重要的是"爱心"二字。我们应怀着无尽的真诚去关心他们，并用这种情感来触动每一个孩子的内心。当我们看到他们在学业上有困惑时，我们要耐心地引导他们；而当他们犯错误时，要协助他们找出原因。使用温柔的话语去教育他们，运用爱的力量去感动他们。

面对众多对未来充满疑虑的孩子，我坚定了决心，要让他们重新找回信念，实现自身价值。我仔细观察着他们的一举一动，深入理解他们的日常生活，积极发掘孩子们的优点，给予他们温暖和力量。积极探索情景式教学、互动式教学、提问式教学等教学方法。我经常这样鼓励学生："努力学习，掌握更多的技能，每个人都有人生出彩的可能,这里就是你梦想起航的地方。"把思政教育润物细无声地转化为爱的教育。

　　谈及劳作时,大多数人的思维往往会聚焦于从事繁重的体力任务的人群上,有些人可能会轻视这些工作者,认为他们的价值微不足道。然而事实并非如此,从历史的角度来看,无论何种职业都可能产生杰出的成就者。人类生活的各个方面都需要付出辛勤努力,而这正是构建幸福的基石。如果没有农民的耕耘,我们就无法享受到如今的美味佳肴;如果缺少了清洁工人的打扫,我们将难以拥有洁净、宜居的环境。正如书本中提到的英勇典范一样,若非那些为事业默默付出的劳动者,就不会有今日强大的国家。正是因为他们的辛勤付出,才使我们能够享有安宁祥和的生活环境。

　　宣扬劳动者精神并不仅限于标语或仅在五月一日时被提及与重视。它应贯穿日常生活和工作中的每一个细节。身为劳动楷模,他们既是我们的学习对象也是我们的示范者,这同时也在提醒着每一个人:只要我们在各自的工作岗位上尽心竭力地付出,我们就都有可能成为新的劳动英雄。而所谓的劳动英雄,不过是在芸芸众生之中那些热衷于本职工作、以国家利益为重的少数人而已,实际上,成千上万的人们都在心中默默地做着这样的"劳动英雄"。这种劳动者精神,是一种所有人都应该具备的高贵品格,它是推动我们迈向幸福人生的保障。

励志勤学　自强不息

——读《劳模之歌》有感

刘振华

翻开不同的书,就会有不同的收获;读不同的书,就会有不同的启示。

每一本书都是一个世界,读书活动月,再次拿起师生德育共育读本《劳模之歌》,从书中那些朗朗上口的文字里,又得到了许多人生借鉴。"励志勤学、自强不息"是我最深刻的感悟。

"励志"的意思是奋志,集中心思致力于某种事业。出自汉班固《白虎通·谏诤》:"励志忘生,为君不避丧生。"表达了为了实现目标不惜牺牲生命的精神。

《劳模之歌》中的楷模,每一个都在用行动诠释着励志的精神,这种精神可以激活我们每个人的生命力、创造力和自信心,使我们从内心深处展开力量,让我们在追求梦想和目标的路上不断进步。

作为新时代的教育工作者,我们应树立"强国有我""强校有我"的志向,以劳模为楷模,助推学校教育、职业教育向高质量发展。以劳模为楷模,通过推进职教改革,在行动上做到"知行合一",不断增强发展活力。

《劳模之歌》中的楷模,他们无论身处何种岗位,都保持着对新知识、新技能的持续追求。在学习的道路上,不断挑战自我,追求创新。对自己所从事的领域进行深入地研究,发现问题,勇于解决问题。

作为新时代的教育工作者,我们要发扬和传承这种精神,在日常教育教学中传递这种精神,不断学习和更新专业知识、掌握最新的教育理念和教学方法,不断提高自己的教学水平。在教学过程中不断反思,以适应不断变化的教育环境和学生需要,不断拓展新视野、掌握新知识、增强新本领,为学生提供更高质量的教育服务。

"自强"的意思是自己努力向上。自我勉励,奋发图强。出自《九章·怀沙》:"惩连改忿兮,抑心而自强"。

《劳模之歌》中的楷模,每一位都是一面旗帜、一个标杆,他们在本职工作岗位上能取得卓越成绩,走在时代前列,正是自主创新,自强不息精神的体现。我们已进入新发展阶段,海校的今天一路走来也有太多的不易,这一路每一步都留下了自强不息的印迹,这一路每一步都是自强精神的践行。我们应继续发扬,以身作则。

作为新时代的教育工作者,我们应以劳模为楷模,认识并克服自身弱点,自我挑战,自我超越。用自强精神坚定我们的理想信念,坚守职业道德,以身作则,成为学生成长的榜样。用自强精神为我们的职业生涯助力,在实现个人价值的同时,也为教育事业做出应有的贡献。

"不息"出的意思是不停止。出自《周易·乾卦》:"天行健,君子以自强不息"。

《劳模之歌》中的楷模,他们以坚韧不拔之志、无私奉献之心、持续学习之力、创新进取之态,铸就了一个个令人瞩目的成就。他们在面对困难和挑战时,从不轻言放弃,而是坚持不懈地努力,直至达到目标。这种不息的精神,启示着我们在人生道路上,无论遇到多少艰难险阻,都要有勇往直前的勇气和决心。只有如此,我们才能在逆境中不断成长,最终实现自己的价值。今日海校,今日的海校人,比以往任何时期都需要这种精神引领。

作为新时代的教育工作者,我们应以劳模为楷模,始终保持对工作的热情和动力,不畏艰难困苦,持续不断地努力,将集体利益置于个人利益之上,甘愿为海校的发展贡献自己的力量。通过践行自强不息精神,营造人人思进、拼搏进取、风清气正的校园环境,以实际行动践行海校的使命与价值观。

作为海校人,发扬和传承劳模精神,为海校的发展做贡献,是每一位海校人的责任和使命。我们要将劳模精神融入日常工作中,借《劳模之歌》之东风,扬海校人精神:励志勤学、自强不息、积极奉献,共同推动海校的发展,让海校这艘航船驶向更远的深蓝。

点亮心灯，逐梦远航

——读《劳模之歌》有感

鲁嗣红

在人生的漫漫旅途中，我们每个人都渴望拥有一盏永不熄灭的心灯，照亮我们前行的道路，引领我们筑梦远航。全国五一劳动奖章获得者，全国劳动模范、交通运输部"最美航标工"王炳交几十年如一日的敬业精神正如灯塔之光，为我们点亮了前进的航向。《劳模之歌》正是由王炳交撰写的、由青岛海洋技师学院精心编撰汇成的师生德育读本。全书共分党和国家赞、领导赞、祖国建设赞、岛城赞、公仆赞、行业赞六篇。每一篇都是由王炳交发自内心的赞美。每一篇都在激励海校师生传承劳模精神，争当新时代工匠。

王炳交，1972年转业来到青岛，担任青岛航标处团岛灯塔塔长。他以自己多年从事航标工作的经验和积累的工作技能，以一股钻劲、一股韧劲、一股干劲，带领灯塔员工在这个普通的岗位上苦干、巧干，干出了极其不平凡的事业，使这座百年灯塔再次焕发出昔日的青春与朝气。由此，团岛灯塔也成了青岛海洋技师学院航海教育第二课堂实践基地，王炳交成了青岛海校校外航海教育辅导员、客座教授，用团岛灯塔和他的"爱岗敬业、争创一流、艰苦奋斗、勇于创新、淡泊名利、甘于奉献"的劳模精神和故事激励着每一位海校人励志勤学，自强不息，扬帆远航。

空余时间细读此书，我仿佛也经历了一场心灵的旅行。书中的每一个故事，都像从心底流淌出的清泉，清澈而深邃，洗涤着心灵的尘埃。王炳交以他那发自肺腑的赞美之词，细腻地勾勒出一个个生动的场景，描绘出一幅幅动人心弦的画面，让人在阅读的过程中，不禁为之动容，感慨万千。

"我党建党一百年，前赴后继永向前。"这不仅仅是对党的历史的回顾，更是对党的精神的传承。老一辈的革命家们，他们为了革命的事业，为了人民的幸福，不惜抛头颅、洒热血，用他们的生命和鲜血，为我们铺就了一条通往光明的道路。他们如璀璨星辰般的革命精神，将我们的前进之路永远照亮。

"镰刀锤头闹革命，井冈火种喜燎原。"这描绘的是党在革命初期的艰难岁月，但即使是在那样艰苦的环境下，党依然能够坚韧不拔，勇往直前。他们像星星之火，点燃了革命的燎原之势，让神州大地焕发出了新的生机和活力。

　　"浙江嘉兴南湖船,你是我党的摇篮。"这艘小小的红船,承载了党的初心和使命,也见证了党的诞生和成长。自从有了这条船,神州大地便焕然一新,人民的生活也迎来了翻天覆地的变化。

　　"文明古国五千年,华夏儿女不平凡。"这不仅仅是一句简单的颂歌,它是对中华民族悠久历史与灿烂文化的深情礼赞,是对亿万华夏儿女卓越贡献与坚韧不拔精神的崇高致敬。在这片古老而又充满活力的土地上,五千多年文明史如同一条蜿蜒流淌的长河,滋养了一代又一代的中华儿女。从远古的神话传说到夏商周的青铜器,从春秋战国的百家争鸣到秦汉的大一统,从唐宋的诗词歌赋到元明清的戏曲小说,再到近现代的革命风云,每一个时代都留下了独特的文化印记,汇聚成中华民族博大精深的文化宝库。

　　"东方巨龙已腾飞,祖国前程更灿烂。"东方巨龙,自古以来便是中华民族的象征,它代表着力量、智慧与不屈不挠的精神。在历史的长河中,这条巨龙曾经历过沉睡与觉醒,挑战与重生。"已腾飞"的东方巨龙,不仅体现在经济实力的飞速增长上,更体现在科技创新的日新月异、文化自信的日益增强、国际地位的显著提升等多个方面。从"中国制造"到"中国创造",从高速铁路网的四通八达到航天工程的辉煌成就,从传统文化的传承创新到现代文化的繁荣发展,从和平外交的积极作为到全球治理的积极参与,每一个领域的进步都是巨龙腾飞的有力证明。

　　《劳模之歌》正如灯塔之光,点亮我们前进的航向。我们要时刻保持一颗进取的心,不断追求进步和成长。只有这样,我们才能在人生的道路上克服艰难险阻,不断前行,实现自己的梦想和目标,为国家、社会贡献自己的力量。在未来,我们将继续努力,敬业爱岗,教书育人,为人师表,为实现更高的人生价值而奋斗。

平凡中谱写不平凡的歌

——读《劳模之歌》有感

王佳勋

在青岛的团岛灯塔上有这样一位守护者，他在自己普通的岗位上默默地奉献，一干就是 40 多年。驻守灯塔的工作是艰苦和漫长的，不仅要应对随时到来的恶劣天气，而且要经得起长久的枯燥和寂寞。他没有因为工作的艰辛与乏味而退缩，而是更坚定了守护灯塔的决心和使命感。他爱好钻研，不仅在技术革新和保障海上交通安全方面做出了突出贡献，而且利用工作之余创作了一首首打油诗，谱写了歌颂劳动、赞美祖国的诗篇。他就是"青岛团岛灯塔守护神"全国劳动模范王炳交。

他是一位普通的长者。听过他的讲座，他的普通话不算标准，他的学历不算太高，可就是这样一种平凡，谱写了一首首不平凡的歌。读了王炳交创作的《劳模之歌》，我的内心涌动，感触颇深。他的诗歌朗朗上口、语言质朴、情感真挚，充满了对工作和生活的热爱。他的创作灵感来源于生活，又高于生活。尽管工作艰苦，但他充满着乐观的情怀。他对事业的执着和热爱，巧妙地淡化了一些艰辛和苦难，将幸福和美好的诗句毫无保留地呈现给了大家。他对社会的思考更是涵盖了多个方面。既有歌颂国家的强盛和社会的美好，也有对各行各业突出贡献的单位和个人的赞美。在王炳交的心中，人生需要积极的态度，只有努力拼搏，不断进取，才能获得更多需要向上的能量。正如他曾说过："用心灵去拥抱自己的追求，我会穷毕生精力，矢志不渝。"

爱国之心，跃然纸上。王炳交的诗歌多次歌颂了国家的发展和进步。国强则民强，他对党和国家的赞美之声，让我们每一个中华儿女都感到无比自豪。党和国家是我们伟大事业的领导核心，他们带领全国人民走向繁荣富强。他在歌颂党代会中写道："报告民生最伟大，宏伟蓝图美如画。"他的爱国之心，跃然纸上。王炳交的诗歌多次歌颂了国家的发展和进步。国强则民强，他对党和国家的赞美之声，让我们每一个中华儿女都感到无比自豪。在党的正确领导下，我们的国家发生了日新月异的变化，各项事业取得了举世瞩目的成就，广大人民群众的生活水平不断提高，国家在国际社会的地位也显著提升。

国泰则民安。他的诗歌中对社会的赞美之声，让我们感受到了社会的和谐与美好。社会是一个大家庭,每个人都是这个家庭的一员。在这里我们都应该恪守社会公德,为社会的文明进步贡献力量,共同追求幸福美好的生活。他在诗歌中写道:"社会治安都赞言,城市稳定如营盘。"表达了我们每个公民都在为社会的和谐稳定贡献力量的意愿。在我们的社会中,尊老爱幼、诚实守信、团结互助等美德得到了广泛弘扬,这些美德促进社会的发展更加健康、美好。

　　他在诗歌中还多次歌颂了那些无私奉献、勤勉尽责、心系群众的人民公仆。他们不仅是人民的勤务员,也是时代精神的象征。在履行职责时始终保持忠诚、敬业、为民、诚信、廉洁等优秀品质,以实际行动诠释了人民公仆的初心和使命。在诗歌中提及雷锋精神,"雷锋是我好榜样,雷锋精神代代传"。要深入学习领会雷锋精神的内涵和实质,将其内化于心、外化于行。这正是新时代人民公仆的真实写照。人民公仆以人民为中心,学习和传承雷锋精神,为了人民的幸福安康而努力奋斗。他们的付出和奉献,让广大人民群众深感敬佩和感激。

　　王炳交的《劳模之歌》,是他对党、国家、社会以及各行各业真挚情感的表达。他用诗歌的形式展现了工匠精神,抒发了自己的爱国情怀,赞美了那些为国家、社会、人民作出突出贡献的各行各业的集体及个人,传递了正能量和积极向上的精神。这些诗歌不仅是文学艺术的瑰宝,更是我们学习和传承的宝贵财富和精神力量。读完他的诗歌后,我深切感受到党和国家、社会以及人民公仆在我们生活中的重要地位和作用。在未来的日子里,我们要更加珍惜这份来之不易的幸福生活,更加努力地工作。同时我们也要向以王炳交为代表的劳模学习,学习那种无私奉献、为民服务的精神,为我们的社会做出更多的贡献。

灯塔之光：劳模精神的传承与实践

秦　婉

在青岛那片辽阔而深邃的海岸线上，矗立着一座承载着厚重历史的灯塔——团岛灯塔。它不仅是航海者们在茫茫夜色中辨别方向、安全航行的指引之光，更在岁月的流转中，逐渐成了一种精神的象征，这种精神便是劳模精神。近日，我有幸阅读了《劳模之歌》一书，书中详细记录了王炳交同志的个人事迹，以及他业余创作的大量诗歌，这些作品如同一扇扇窗户，让我得以窥见劳动模范丰富多彩的精神世界和卓越非凡的人生追求。

王炳交，一个普通的名字，却在团岛灯塔这片土地上书写了不凡的篇章。他不仅是这座灯塔的守护者，更是劳模精神的生动诠释者。在《劳模之歌》的字里行间，我仿佛看到了王炳交同志在灯塔下忙碌的身影，听到了他那坚定而有力的脚步声，感受到了他那颗热爱工作、无私奉献的赤子之心。他以自己的亲身实践，将"爱岗敬业、争创一流、艰苦奋斗、勇于创新、淡泊名利、甘于奉献"的劳模精神演绎得淋漓尽致。

爱岗敬业，是王炳交同志最鲜明的标签。无论风雨雷电，无论酷暑严寒，他总是坚守在灯塔旁，用他那双布满老茧的手，细心地擦拭着灯塔的玻璃，调整着灯光的角度，确保每一束光都能准确无误地照亮航海者的归途。在他的心中，灯塔不仅仅是一座建筑，更是他生命的寄托，是他对航海事业的无限热爱和忠诚。

争创一流，是王炳交同志不懈的追求。他深知，只有不断提升自己的业务能力和服务水平，才能更好地服务于航海者，更好地履行自己的职责。因此，他不断钻研灯塔维护技术，创新工作方法，使得团岛灯塔的维护水平始终保持在全国前列。他的这种追求卓越、永不止步的精神，不仅赢得了航海者的赞誉，更成了同事们学习的榜样。

艰苦奋斗，是王炳交同志面对困难时的态度。在灯塔工作的岁月里，他遇到了无数次的困难和挑战。有时是恶劣的天气条件，有时是突发的设备故障，但无论遇到多大的困难，他都从不退缩，总是迎难而上，用智慧和汗水克服了一个又一个难题。他的这种坚韧不拔、勇往直前的精神，深深地感染着每一个人。

勇于创新，是王炳交同志不断前进的动力。他不仅在工作中勇于创新，在诗歌创作中也同样展现了非凡的创造力。他的诗歌，既有对大海的深情赞颂，也有对工作的深刻感悟,更有对生活的热爱和向往。这些诗歌,不仅是他个人情感的抒发,更是他对劳模精神的艺术升华。他的这种敢于尝试、敢于创新的精神,不仅丰富了他的个人生活,也为他赢得了更多的尊重和认可。

淡泊名利,是王炳交同志的高尚品质。他从不计较个人得失,始终把工作和奉献放在首位。他的事迹和诗歌,没有华丽的辞藻和炫耀的口吻,只有朴实无华的语言和真挚的情感。他的这种淡泊名利、甘于奉献的精神,正是劳模精神的核心所在。

甘于奉献,是王炳交同志一生的写照。他不仅在工作中默默奉献,还在业余时间积极参与航海教育活动,将自己的经验和知识无私地传授给年轻一代。他将团岛灯塔作为航海教育的第二课堂,带领学生们了解灯塔的历史和功能,培养他们的航海意识和安全意识。他的这种无私奉献的精神,不仅为航海教育事业做出了巨大贡献,也为社会树立了良好的榜样。

作为一名职业学校的老师,我深深地感受到了教育的重要性和责任。在王炳交同志的事迹和诗歌中,我看到了劳模精神在教育领域的传承和实践。他将劳模精神融入教育中,不仅培养了学生的责任感、创新意识和奉献精神,还为他们树立了正确的价值观和人生观。他的这种教育理念和方法,对于职业学校的教育改革和发展具有重要的启示意义。

劳模精神的传承,需要我们每一个人的共同努力。王炳交同志的故事和诗歌,不仅激励着我们每一个人在各自的岗位上追求卓越、为社会的发展贡献力量,更让我们看到了劳模精神在新时代的价值和意义。他的事迹和诗歌告诉我们,劳模精神不是空洞的口号和遥远的理想,而是需要我们在实际工作中不断践行的行动指南。只有我们每一个人都积极践行劳模精神,才能共同推动社会的进步和发展。

读完《劳模之歌》,我更加坚信了劳模精神是推动社会进步的强大动力。作为一名教育工作者,我将以王炳交同志为榜样,将劳模精神融入教学和生活中去。我会引导学生树立正确的价值观和人生观,培养他们成为具有责任感、创新意识和奉献精神的新时代人才。同时,我也会不断学习和实践劳模精神,努力提升自己的专业素养和教学能力,为学生的全面发展和社会的进步贡献自己的力量。

王炳交同志的诗歌创作也给了我很大的启示。他用自己的诗歌告诉我们每个人都可以在自己的领域发挥创造力为社会贡献自己的独特价值。无论是从事什么职业、处于什么岗位我们都应该像王炳交同志那样用心去工作、去创造、去奉献。愿我们每个人都能成为自己岗位上的"灯塔"照亮他人、引领前行共同书写新时代的辉煌篇章。

心有榜样行有力量

——读《劳模之歌》有感

张 静

《劳模之歌》是"齐鲁最美退役军人"王炳交先生的一部文学作品,他长期担任青岛百年灯塔的守护人,44 年如一日,初心不变。灯塔相伴人生,在平凡的岗位上默默奉献,他把自己活成了一盏永远闪耀的"航标灯"。王炳交先生热爱写作,热爱工作,喜欢用文字记录生活,他创作的《劳模之歌》,以深情的笔调描绘了中国劳动者群体的生活、奋斗和精神风貌,展现了作者对劳动者的敬意和赞美之情。

一、人物塑造与情感表达

王炳交用细腻的文字描绘了一幅幅劳动者的生活画卷,向我们展示了劳动者群体的伟大与真诚,为我们树立了榜样,唤起了对劳动精神的尊重和赞颂。比如,《人民警察人民赞》诗篇中有这样几句话,"为了神速快破案,蹲点一线吃凉饭。自身有病不去看,经常把那胃病犯",展现了警察隐姓埋名,爱岗敬业的责任感。这种塑造不仅展示了个体劳动者的成长历程,也反映了王炳交对那些默默奉献、坚守岗位的劳动者的深刻理解和敬重。

二、社会背景与情节安排

《劳模之歌》巧妙地反映了当代中国劳动者面临的现实困境和挑战。在经济转型和社会变革的大背景下,许多劳动者在工作中承受着巨大的压力和挑战,王炳交通过散文诗歌,生动地描绘了这些问题的复杂性和深刻性。例如,灯塔守护人不仅要应对海上风浪的考验,还要面对技术更新带来的挑战,这些都展示了现代劳动者在技术进步和经济发展中的精神面貌。

三、劳模精神的弘扬与传递

作品中深刻表达了对劳模精神的肯定和赞美。劳模精神不仅仅是对个体劳动者勤劳奉献的赞扬,更是对整个社会价值观的反映和引导。诗文通过一个个意义非凡的重大日子,鲜明地勾画出在孤寂和危险中坚守岗位的各行各业的无名的人的生动画面,王炳交传递出一种顽强拼搏、无私奉献的正能量,激励着更多的人们在各自的岗位上发挥自己的力量,为社会的发展贡献力量。

四、对比与反思:传统与现代的融合

《劳模之歌》还体现了传统与现代的有机融合。青岛海洋技师学院王佐恺校长撰写的序言里,将传统文化中对责任、忠诚和奉献精神的体现,与现代社会中劳动者在技术进步和社会变革中的角色转变结合起来。这种对比与反思,不仅让作品在时代变迁中保持了文化的延续性,也让读者在享受的同时,思考和反思自身在当代社会中的责任与担当。

五、文学价值与社会意义

综上所述,《劳模之歌》是对劳动者群体的生动描写和真挚赞颂。王炳交通过作品向读者展示了自己对劳动者的深情关怀和敬意,借助文字的力量传递出对劳动者的无限尊重和情感呼唤。这部作品在文学创作中具有独特的意义,必将在读者心中激起对劳动者的敬佩和珍视之情。

最后,该书作为我校校本教材,是师生德育必读读本,对于学生来说,大力弘扬劳模精神,学以养德、学以增智、学以致用,可以增强创新意识、培养创新思维,展示锐意创新的勇气、敢为人先的锐气、蓬勃向上的朝气,不断提高技术水平,当好主人翁,建功新时代。对于教师来说,每一个时代的劳模都有其特点,但无论时代如何变迁,永远不变的是劳模精神的本质。而处于新时代的我们更是要学习劳模、弘扬劳模精神。虽然终其一生,我们也不一定能成为劳模,但我们皆能践行劳模精神,争做新时代"四有"好老师。

《劳模之歌》激励着全体师生传承劳模精神,争当新时代工匠,具有重要的教育意义和文化传承功能。它教育和引导每一位学生尊重劳动、珍视劳动者的价值,培养社会主义核心价值观和民族精神。

心有榜样,行有力量。相信《劳模之歌》如灯塔之光,一定会引领更多读者走向正确的方向!

《劳模之歌》读后有感

航海 2304 班学生　马文博

创劳动之榜样,学时代之新星,劳动的汗水如同一粒羽毛未丰的种子,从洋溢着幸福的脸上滴进祖祖辈辈生存的土地,假以时日必将长成参天大树,那是大树吗?不!那是新中国艰苦奋斗的根本,是中国特色社会主义伟大事业的蓬勃发展。回眸历史沧桑巨变,色彩浓厚的历史画卷上铺展开劳动的底色,劳动承载着泱泱华夏如巨轮般开辟新的天地。我辈之新青年,也将唱响劳动创造幸福的冲锋号角!

在学校闲暇时光,沉静下心来翻阅此书,我颇有感触,它教会了我生机勃勃的力量,让我读懂了劳动模范是工人阶级的优秀代表,是我学习新时代思想的好榜样,他们是时代的引领者,是我们蓬勃向上发展的引路人,我们新青年也将学习以劳动为荣的风尚,认真领略埋头苦干的精神和踏实笃行的高尚品质。

我想,在新时代,劳模精神被赋予了更加深刻的内涵和更加重要的学习价值,劳模精神就是我们身边的活例子!我仔细翻阅书中的事件,了解到了劳模精神为国家的繁荣发展提供了强大的精神支持。劳模精神作为中国工人阶级的优秀品质,为国家的繁荣发展注入了强大的动力。

我从书中感受到了文字的优美,并且感受到作者对职业的执着和对生活的热爱,人类是进步的,一切都是我们艰苦劳动的体现,劳动是默默无语的,劳动的结晶又是宏伟壮观的,劳动模范代表和先进工作者都以自己的实际行动与艰苦付出践行社会主义核心价值观,传递了社会正能量。

王炳交坚守 15.4 米的灯塔,500 多个陡峭的台阶,他不言艰辛与孤独,一生以塔为家,在王炳交心中,灯塔精神就是"干一行,爱一行,专一行"。46 年如一日,他坚持用诗歌创作的形式,表达自己对活力之都青岛的热爱,铺展开劳动的底色,流淌着劳模工匠精神的红色血脉。他守着灯塔,也守着千千万万人民的家,为社会的和谐稳定发展做出了积极贡献。

在我的眼中,新青年应当响应国家号召,撸起袖子加油干,社会建设需要有积极的态度、人生追求更需要向上的不懈动能。如果说,劳动是一首描写模范的诗集,那么,劳动模范就是诗篇里美丽的音符。我们赞美劳模,他们是伟大的人们。

　　我们新时代青年将以他们为榜样，爱岗敬业、锐意创新、勇于担当、无私奉献。以劳动推动中国特色社会主义伟大事业的不断发展，以实干精神浇筑明天胜利的果实。希望每位劳动者都能在自己的岗位上奏响并且创造美好生活的劳模之歌。

《劳模之歌》读后感

轮机 2203 班学生　鲁佳圣

"任劳任怨,谱写青春的旋律",这不仅是一句阳光向上的歌词,更是一曲令人心潮澎湃的赞歌,它在每一个角落书写着青春的华丽篇章。最崇高的文字往往描绘的是朴实无华的品质,而那些从心底油然而生的敬意,才是最为深刻的记忆。

《劳模之歌》以其歌词的简洁和深刻,让人传颂,这正是我乐于学习的原因。它用最朴实无华的语言——"脚踏实地""不谈金钱与名利"——这种劳动人民的坦荡情怀,简洁而深刻地表达了劳模最纯粹的品质。

王炳交同志自 1976 年入伍,至退休前,一直默默无闻地守护着团岛灯塔。为了驻守灯塔,他甚至将家搬到了灯塔旁,视灯塔为"家人"。团岛灯塔位于青岛港的咽喉要道,是船舶进出青岛港的必经之地,已有 120 年的历史。在王炳交同志的守护下,灯塔依旧璀璨如新。面对灯塔上进口的老旧设备部件濒临报废,王炳交同志积极探索研究,多次修缮和改进,不仅保证了设备的正常运转,为国家节约了大量资金,还创新性地研制出了航标灯状态自动监控装置,并为灯塔加装了停电报警及灯光熄灭报警装置,大大提高了值班的安全性。

20 多年前,青岛航标博物馆成立,王炳交同志将自己珍藏多年的灯器、文物无偿捐赠给了博物馆,并每年免费接待数万参观学习的人员,同时宣传航标文化,弘扬航标精神,让"燃烧自己、照亮航程"的航保精神永远传承下去。

这种精神不仅激励我们努力前行,还鼓励着我们年轻一代不断实践、勇于创新、全身心投入到学习和提高专业技术水平中,努力拼搏,为国家的发展贡献自己的力量。

更让我感到荣幸的是,王炳交同志应我校邀请,在校报告厅为我们全体师生做了激动人心的演讲,并与我们进行了贴心交流。通过沟通交流,我进一步理解了习近平总书记的重要讲话,明白了"工作不分贵贱,三百六十行,行行出状元"的真谛。王炳交同志的演讲让我感受到了他在工作中坚定的信念和执着,在不起眼的岗位上创造出了非凡的业绩。无论面对怎样的困难和艰险,王炳交始终坚守岗位,用自己的智慧和汗水为事业默默付出。他的敬业精神,为我们在工作和学习中树立了榜样,是我们前进的目标和动力。

读完《劳模之歌》，我深刻体会到了劳动的价值所在。劳动不仅仅是创造物质财富的手段，更是实现人生价值的重要途径。王炳交同志通过自己的辛勤劳动，不仅为社会做出了贡献，也收获了属于自己的荣耀和成就，着实令人敬佩。

"书山有路勤为径，学海无涯苦作舟。""莫等闲，白了少年头，空悲切。"随着年龄的增长，我们已不再是需要百般呵护的祖国花朵，而是朝气蓬勃、具有阳刚之气的社会主义接班人！祖国的未来要靠我们接力。在新时代，我们更需要像王炳交这样的劳模，以他们为标杆，用实际行动践行劳模精神，勇于担当，积极奉献，为实现中华民族伟大复兴的中国梦贡献自己的力量。

《劳模之歌》读后感

航海 2301 班学生　耿晓宇

读罢王炳交的《劳模之歌》，心中久久不能平静，仿佛一股清泉洗涤了灵魂深处的尘埃，让我重新燃起了对生活和工作的无限热爱与敬畏。该书不仅是一次对劳模精神的颂扬，更像一曲唤醒人心的时代强音，激发了我内心深处对于劳动价值的深刻感悟。该书从五个层面深入解析了劳模精神的丰富内涵：一是劳模精神的历史发展轨迹，二是对职业的热爱与追求卓越的心态，三是坚忍不拔、勇于开拓的意志力，四是淡泊明志、乐于奉献的高尚品质，五是新时代下如何弘扬劳模精神继续奋进。阅读该书，我对劳模精神的成长轨迹、深层含义、时代价值和传播方式有了更为全面的认识。

回顾往昔，劳模们以强烈的责任感、卓越的工作表现和无私的奉献精神，成了各行各业的楷模。他们勇于创新、敢于担当、无私奉献，在平凡的岗位上创造了不平凡的业绩。劳模精神不仅是中华民族勤劳、勇敢、团结、梦想精神的生动写照，更是我们应当传承和弘扬的宝贵财富。

那么，作为新时代好青年，我们该如何去学习和践行劳模精神呢？首先，我们可以对照劳模，反思自己在学习态度、经验积累和成绩提高方面的差距。通过这样的对照，我们要发挥主观能动性，确保高质量地完成学习任务。学习劳模精神是一个长期的过程，不能急于求成。我们应该将劳模精神与实际学习紧密结合，以更高的标准要求自己，持之以恒，迎难而上，将压力转化为动力，将挑战转变为机遇，绘制出人生最绚丽的画卷。

最后，我们还需将劳模精神融入日常生活，使之成为我们行动的指南和生活的哲学。例如，在家庭中，我们可以学习劳模的奉献精神，主动承担家庭责任，关爱和照顾家人；在社会中，我们可以学习劳模的社会责任感，积极参与公益活动，为社会贡献自己的力量。

劳模精神不仅体现在工作中，更是一种生活态度的体现。通过学习劳模精神，我们不仅能在职业生涯中提升自己，还能在生活中成为一个负责任、有担当的人。正如《劳模之歌》所展示的，劳模精神是我们不断前行的强大动力，是我们实现人生价值的重要指引。

在未来的岁月里，我将持续学习和践行劳模精神，让这种精神在我的学习和生活中生根发芽。我坚信，只要我们每个人都能学习和传承劳模精神，我们的社会将更加和谐，我们的国家将更加繁荣昌盛。让我们携手共进，共同书写属于新时代的辉煌篇章。

在这个充满机遇与挑战的新时代，劳模精神显得尤为重要。它教会我们如何在平凡的岗位上创造不平凡的业绩，如何在逆境中坚定信念、勇攀高峰。作为新时代好青年，我们要将劳模精神内化于心、外化于行，不仅要学习劳模们的优秀品质，还要在实际行动中践行这些品质。

在学习上，我们要以劳模为榜样，勤奋刻苦，追求卓越。在工作中，我们要以劳模为标杆，爱岗敬业，勇于创新。在生活上，我们要以劳模为楷模，淡泊名利，乐于奉献。只有这样，我们才能真正将劳模精神融入自己的血脉中，成为新时代的中坚力量。

合上书页，我心中涌动着澎湃的热情。王炳交先生的《劳模之歌》不仅仅是一篇赞美词，它更像是一部启示录，指引我们向着更加光明的未来迈进。在今后的日子里，让我们以《劳模之歌》为指引，继续在学习和生活中探索劳模精神的真谛，将其转化为推动我们不断前进的强大动力。让我们以实际行动践行劳模精神，为实现中华民族伟大复兴的中国梦贡献自己的一份力量。让我们一起努力，共同创造一个更加美好的未来。

劳动模范进校园活动现场

学习《劳模之歌》，感悟时代精神

航海 2203 班学生　张欣珑

在这个瞬息万变的时代，我们见证了一个又一个令人惊叹的奇迹，同时也见证了一个又一个平凡英雄的诞生。这些英雄，虽然不曾做出惊天动地的壮举，但他们的每一次行动，每一次付出，都如同一曲曲感人肺腑的劳模赞歌。

当我翻阅《劳模之歌》这本书时，我深深地被劳模王炳交同志的精神所感动。这是一种坚韧不拔、勇往直前的精神，是一种无私奉献、不畏艰苦的精神，是一种爱岗敬业、追求卓越的精神。他用自己的实际行动，为我们树立了一面面光辉的旗帜，让我们看到了一个民族的脊梁。

劳模精神是一种信仰。只要自己努力，就能改变命运，就能为国家、为社会做出贡献。王炳交同志用自己的汗水和智慧，铸就了一个辉煌的成就，团岛的灯塔就是他坚定信仰的标志。

劳模精神是一种担当。他践行着对国家和民族的忠诚，对人民的责任，对信仰数十年如一日的守望。他敢于挑战自我，敢于突破极限，没有克服不了的困难，就没有实现不了的目标。

劳模精神是一种传承。他把自己的经验和智慧，无私地传授给后人，让劳模精神代代相传，永葆青春。他用诗歌的形式完成了该书，让我们看到了，一个民族的精神，是可以通过一代又一代人的努力，不断发扬光大的。

劳模精神是一种力量。他用自己的实际行动，激发着我们年轻一代坚守本职工作，在平凡的工作岗位上造就不平凡，在绝望中创造出希望。

阅读《劳模之歌》，我深深地感受到了劳模精神的伟大。王炳交同志用自己的实际行动，诠释了什么是"人民创造历史，劳动开创未来"。在这个伟大的时代，让我们向劳模们学习，向劳模们致敬。让我们以劳模精神为指引，为实现中华民族伟大复兴的中国梦而努力奋斗！

以平凡铸就非凡的赞歌

——《劳模之歌》读后感

春考 2201 班学生　刘依斐

　　在繁忙的学习生活中，我有幸阅读《劳模之歌》这部佳作，我的心灵深处被深深地触动，让我在平凡与伟大的交响中感受到了时代脉动与精神力量。书中讲述了劳动模范王炳交坚守团岛灯塔的感人事迹，并记录了大量其撰写的诗歌，好似一幅幅动人心魄的奋斗画卷。他的诗歌赞美了各组织、各行业、各岗位劳动者进取、敬业、勤劳的精神风貌，展现了他们用辛勤劳动和无私奉献，为国家繁荣及人民幸福生活做出了巨大贡献。

　　书中劳模王炳交的事迹，让我感受到其身上所具有的高度的责任感和使命感，以及顽强的毅力和坚韧不拔的精神。1972 年，王炳交转业来到了团岛灯塔，从那时起他便始终坚守着"灯明标亮、准确护航"的职业诺言。海上恶劣天气频繁，海雾、大风、巨浪，无一不是巨大挑战。但王炳交不仅没有退缩，还更加坚定了守护灯塔的决心。在岗期间，他修复了故障的"老海牛"，使其重新发出独特声响，为迷雾中的船只指明方向。

　　2013 年，他和同事研制的"自动监控航标灯装置"获得了国家知识产权局颁发的专利证书，不仅为国家节省了大量资金，还保障了海上航行的安全。退休后，王炳交没有离开，选择继续坚守灯塔。他说："这么多年来，这座灯塔就像我的孩子，我离不开它。"他的事迹让我深刻体会到，真正的伟大不在于职位的高低，而在于对国家和人民的贡献。时代在不断进步、不断变迁。但不管时代如何变化，唯一不变的就是劳模精神的本质。每个时代的劳模都有他们自身的特点和独特的人格魅力。无论是在艰苦环境中保持积极向上的精神状态，还是在面临困难和挫折时的坚定信念，他们都展现了不畏艰险、勇往直前的精神风貌，用实际行动诠释了劳模的真正含义。

　　读罢此书，我感触颇深。首先，我认识到劳动是人类社会的基石，是创造美好生活的源泉。中华文明五千多年的历史演变，先辈们用经验告诉我们，只有劳动才能创造一切，只有劳动才能改变一切。此外，这本书还让我思考到了个人与国家及社会层面的关系。在这个快节奏的时代，我们往往容易迷失在物质的追求中，忽略了精神世界的建设。当我们把个人的理想追求融入国家和民族的事业中时,我们的生命才会更加有意义,我们的价值才能得到最大的实现。

　　《劳模之歌》这本激励奋进的书让我看到了劳动的力量、感受到了精神的光辉、领悟到了人生的真谛。我们应该学习劳模精神,树立正确的劳动观,价值观,道德观。遇到挫折不放弃,勇于顽强拼搏,自强不息。努力学习科学文化知识,积极进取,成为知识型、技能型、创新型劳动者,追求"干一行、专一行"的境界,不断钻研、不断提高。同时,我们也要继续传承和发扬劳模精神,怀揣赤子之心,牢记使命,肩负起历史的重任,在新的征程上奋勇争先,坚持不懈,砥砺前行,让劳模精神代代相传。为实现中华民族伟大复兴,共同铸就富强中国梦谱写新的篇章,用实际行动为社会进步贡献自己的一份力量,助推祖国繁荣昌盛!

读《劳模之歌》有感

制冷 2301 班学生　吕官宸

　　了解王炳交的事迹后,我心中满是敬佩与感动。王炳交,一位平凡而伟大的劳动者,他用自己的坚守与奉献,谱写了一曲壮丽的劳模之歌。

　　王炳交的故事,如同夜空中最亮的星,照亮了我们前行的道路。他在平凡的岗位上,做出了不平凡的贡献。作为一名灯塔守护者,他几十年如一日,默默坚守在自己的岗位上,为过往的船只指引着方向。他的这份执着与坚守,让人动容。

　　在这个快节奏的时代,人们往往追求着功名利禄,渴望一夜成名。然而,王炳交却用自己的行动告诉我们,真正的伟大来自平凡的坚守。他没有惊天动地的壮举,没有豪言壮语的承诺,有的只是对工作的热爱和对职责的担当。他每天重复着看似枯燥的工作,检查灯塔设备、维护灯塔运行、记录灯塔数据⋯⋯但正是这些平凡的工作,保障了海上航行的安全。

　　王炳交的奉献精神,更值得我们学习。他把自己的青春和热血都奉献给了灯塔事业。在艰苦的工作环境中,他没有抱怨,没有退缩,而是迎难而上,积极解决各种问题。他自己动手制作工具,改进设备,为的就是让灯塔更加明亮,让船只更加安全。他的奉献不仅仅是为了自己的工作,更是为了国家的海洋事业,为了无数过往船只的安全。

　　王炳交的创新精神也让人钦佩不已。他虽然身处平凡的岗位,但有着一颗勇于创新的心。他不断探索新的技术和方法,提高灯塔的性能和效率。他发明了多项实用技术,为灯塔事业的发展做出了重要贡献。他的创新精神告诉我们,无论在什么岗位上,只要有一颗勇于创新的心,就能够创造出不平凡的业绩。

　　王炳交的劳模精神,不仅仅是一种工作态度,更是一种人生价值观。他用自己的行动诠释了什么是爱岗敬业、什么是无私奉献、什么是勇于创新。他的故事激励着我们每一个人,让我们在自己的工作岗位上努力拼搏,为实现中华民族伟大复兴的中国梦贡献自己的力量。

　　在我们的生活中,还有很多像王炳交一样的劳动者。他们或许是环卫工人,每天清晨就开始清扫街道,为我们创造一个整洁的城市环境;他们或许是教师,辛勤耕耘在三尺讲台上,为培养祖国未来的栋梁而努力;他们或许是医生,日夜坚守在岗位上,为患者的健康而奋斗。他们都是平凡的劳动者,但他们却用自己的行动,书写着不平凡的人生。

我们应该向王炳交和所有的劳模学习,学习他们的爱岗敬业、无私奉献、勇于创新的精神。我们要把这种精神融入我们的工作和生活中,努力做好自己的本职工作,为社会的发展做出自己的贡献。同时,我们也应该尊重每一位劳动者,因为他们都是社会的财富,是我们美好生活的创造者。

让我们一起唱响王炳交的劳模之歌,让劳模精神在我们心中生根发芽,开花结果。让我们以王炳交为榜样,在新时代的征程上,奋勇前行,创造更加辉煌的业绩。

《劳模之歌》读后感

海乘 2201 班学生　邱秀娇

在青岛有一座著名的灯塔,位于北纬 36°02′41″3,东经 120°16′54″9,这便是团岛山灯塔。

我校与灯塔均依团岛山而建,从校园望去灯塔就在眼前。

1972 年,一名年轻的战士来到团岛灯塔,从入职到退休,在这个平凡的岗位上,干出了极不平凡的事业,他就是全国劳模、"五一劳动奖章"获得者王炳交。

发扬劳模精神,学习劳模精神,不是光嘴上说说的口号,也不是光在心里想想的一个想法,我们要用自己的实际行动积极进取、发奋图强。在个人的岗位上,我们要有一颗平常心,面对世俗的诱惑选择避而不见。

灯塔设施的老化,早已超过了正常使用年限,王炳交积极地把情况如实向上级汇报,不等,不靠,不推,对设施进行了修理。

王炳交对岗位的热爱,以干一行、爱一行、钻一行的敬业精神,以不会就学、不懂就问的好学态度,细心观察,不断完善,保证了各种设备的正常运行。

王炳交的故事激励着每一位海校师生,励志勤学,自强不息,传承劳模精神,争当新时代工匠,努力拼搏,不懈创新,立足本职,无私奉献,就像王炳交一样回报社会,回报国家,让这个社会不断创新,不断进步。

读《劳模之歌》有感

制冷 2202 班学生　胡峻维

　　当我轻轻翻开《劳模之歌》这本书，那一页页文字仿佛一幅幅生动的画卷，我仿佛踏入了一个洋溢着激情与奋斗气息的天地。书籍里那些栩栩如生的劳模形象，犹如夜空中耀眼的星辰，在历史的长河中熠熠生辉，他们的事迹深深地震撼了我的内心。

　　1976 年，王炳交在青岛的团岛之畔参军入伍，成了团岛灯塔的一名航标兵。于是他就以塔为家，每天精心地呵护灯塔。他的事迹彰显了爱岗敬业、执着坚守、无私奉献与勇于创新的劳模精神。每当我在学习和生活中遇到困难想要退缩时，王炳交的身影就会浮现在我的脑海中，敦促着我不断向前奋进。

　　王炳交是我心中极为钦佩的楷模人物。他将 48 年的岁月奉献给了团岛灯塔，一心专注于航标维护工作，为往来船只的安全航行提供了坚实保障。无论严寒酷暑，他都坚守在那一方天地，认真擦拭灯塔的每一处，精心检修各类设备。面对灯塔设备老化、技术难题频出的状况，仅有高中文凭的王炳交没有退缩，他以顽强的毅力，积极开展技术革新。像为透镜安装散热装置等，他巧妙地在透镜底部安装小电风扇、顶部设置排气筒，有效解决了灯器散热和电流不稳定的问题；在雾号设备信号机转换系统中加装冷却系统，并以空气开关替代易熔断的保险丝，攻克了配电盘易烧坏的顽疾；他主导研制的"航标灯状态自动监控装置"荣获国家专利，极大地提升了灯塔运维的智能化水平。他以塔为家，新婚之后的诸多春节都主动值守，退休后仍欣然返聘，还全力打造航标展馆传播灯塔文化。王炳交的事迹展现了他爱岗敬业、坚韧不拔、无私奉献以及勇于探索的伟大精神。他让我们明白，只要坚守岗位，勇于克服困难，就能在平凡之处铸就非凡。他用一生诠释了担当的重量，是我们永远敬仰与学习的时代英雄，他的精神之光必将永远照亮我们前行的道路，激励更多的人在自己的领域中努力奋进，为社会的发展添砖加瓦。

　　时代有别，职业相异，但劳模们都有一个共同点：对工作的满腔热情和对人民的深厚感情。他们凭借勤劳的双手，绘就美好生活的绚丽篇章；用自己的脊梁，撑起了时代的重任。

　　在当今社会，我们依然需要弘扬劳模精神。在科技迅猛发展、社会持续进步的当下,我们正面临着诸多机遇与挑战。在这个处处充满竞争的时代,我们往往容易产生浮躁之感,也容易失去方向。而劳模们的事迹,就像一盏盏明灯,为我们指明了前进的路。

身为新时代好青年,我们应视劳模为楷模,汲取他们的精神力量,全面提升自我素养。在学习中刻苦钻研、勇于探索,让知识水平和实践能力更上一层楼;在生活之中,我们应当努力培育自身的责任感与使命感,关爱他人,给社会贡献出自己的一份力量。我们要相信,每一个平凡的岗位都能创造出不平凡的业绩,只要我们怀揣着梦想,用心去付出,就一定能在自己的人生道路上谱写一曲属于自己的"劳模之歌"。

劳模是我们的楷模,他们的精神闪耀着光芒。让我们接过劳模精神的火炬,通过劳动去开创美好的明天。

学习劳模精神，争做新时代好青年

制冷 2302 班学生　赵丁纯

　　我翻开劳模王炳交的诗集，仿佛打开了心灵之窗，我看到了一位坚守岗位四十多年的航标工人，用他的执着与热爱，书写着对国家、对生活的深情赞歌。

　　他的诗集中字里行间都承载着他对生活的热情和对工作的热爱。他的作品不仅仅是诗歌，更是一种力量，一种能够鼓舞人心、振奋精神的力量。如同一盏盏明灯，照亮了我们前行的道路。

　　劳模王炳交的诗集，是他四十多年来坚守与奋斗的结晶。阅读他的诗歌，让我深刻感受到，一个人只要心怀热爱，无论身处何种环境，都能创造出属于自己的精彩。作为新时代好青年，我们应当从劳模王炳交身上汲取力量，以他为榜样，努力成为有理想、有本领、有担当的新青年。践行王炳交的劳模精神，我想应该努力做到以下几点。

　　深入研究和学习王炳交的劳模精神，不仅要了解他的事迹，更要去挖掘他精神背后的力量源泉。他在孤独中坚守，在困难面前不屈不挠，这种坚韧的品质是我们在面对生活中的挫折时所急需的。通过深入研究，我们能将他的精神内化于心，成为我们前行的动力。

　　树立崇高的理想信念。理想信念是人生的灯塔，指引着我们前进的方向。劳模王炳交在守护灯塔的岗位上，始终坚守着为船只导航的信念。我们也要明确自己的人生目标。无论是为了推动社会进步、还是实现个人价值，都要坚定不移地朝着这个目标前进。只有拥有崇高的理想信念，我们才能在漫长的人生道路上保持热情和动力。

　　勤奋学习提升自我。劳模王炳交在工作中不断积累经验，通过自我提升为灯塔事业做出了众多贡献。我们也要保持对知识的渴望和对技能的追求，勤奋学习，不断提升自己的综合素质和专业能力。通过不断学习，我们才能更好地适应时代发展的需要，为社会发展贡献更多智慧和力量。

　　勇于担当积极作为。劳模王炳交肩负灯塔守护者的重任，对灯塔精心呵护，四十多年让灯塔为船舶指引方向，没有出现一次责任事故。我们在学习和生活中，也要有担当的勇气，积极投身到各项活动中，用实际行动践行新时代好青年的使命和担当。

　　培养创新精神。创新是引领发展的第一动力。劳模王炳交在工作中积极钻研,不断创新。为灯塔灯泡排障,延长灯泡寿命,为国家节省了大量资金,同时保障了海上航行的安全。我们在学习和工作中也要敢于突破常规,勇于探索未知领域,不断寻求新的突破和发展。通过培养创新精神,我们可以提升自我,取得更大进步。

　　积极参与社会实践。我们在学习劳模精神的同时,应注重多参与各种社会实践活动,如志愿服务、社会调研、创新创业等。通过参与社会实践,我们可以更好地了解社会、了解国情、了解民情,增强社会责任感和使命感。同时,我们也可以在实践中锻炼自己的能力和素质,为将来的发展打下坚实的基础。

　　总之,王炳交的劳模之歌如同一面旗帜,引领着我们前行。他的事迹和精神激励着我们在新时代努力拼搏,践行劳模精神,成为有理想、有本领、有担当的新青年。让我们以他为榜样,在新时代的征程中不断前行、不断进步、不断创造新的辉煌。

青岛海洋技师学院 101 号游艇(大帆船)